# 江上蓮
## 강상련

<지만지한국문학>은
한국의 고전 문학과 근현대 문학을 출간합니다.
널리 알려진 작품부터
세월의 흐름에 묻혀 이름을 빛내지 못한 작품까지
적극적으로 발굴합니다.
오랜 시간 그 작품을 연구한 전문가가
정확한 번역, 전문적인 해설, 풍부한 작가 소개, 친절한 주석을
제공합니다.

# 江上蓮
## 강상련

이해조(**李海朝**) 지음

권순긍 옮김

대한민국, 서울, 지만지한국문학, 2024

### 편집자 일러두기

- 이 책은 이해조가 판소리 〈심청전〉을 산정(刪定)해 《매일신보》에 연재했던 〈강상련(江上蓮)〉의 번역서입니다. 1912년 광동서국에서 간행된 단행본 《강상련(江上蓮)》을 저본으로 했습니다.
- 삽화는 신구서림본 《강상련(江上蓮)》(1914)에 실려 있는 것입니다. 단행본에는 삽화가 한데 모아져 있으나 내용에 따라 적절한 곳에 재배치했습니다.
- 현대어역은 독자가 쉽게 이해할 수 있도록 원문의 의미를 벗어나지 않는 범위 내에서 자연스럽게 윤색을 가했으며 의미 전달을 확실히 하기 위해 필요한 부분에 한자를 병기했습니다.
- 한글에 한자를 병기할 때 괄호 안의 말과 바깥 말의 독음이 다르면 [ ]를 사용했습니다.
- 외래어 표기는 현행 한글어문규정의 외래어표기법을 따랐습니다. 중국 지명 중 옛날 지명은 한국 발음으로, 현대 지명은 중국 발음으로 표기했습니다.

# 이해조 판소리 개작소설을 펴내며

　《옥중화(獄中花)》,《강상련(江上蓮)》,《연의 각(燕의 脚)》,《토의 간(兎의 肝)》은 신소설 작가인 이해조(李海朝, 1869~1927)가 판소리 〈춘향가〉, 〈심청가〉, 〈박타령〉, 〈토끼타령〉을 명창 박기홍(朴起弘) 조(調)로 개작하거나, 심정순(沈正淳)의 창을 듣고 산정(刪正)해 1912년 1월 1일~7월 11일 《매일신보》에 연재하고, 1912~1913년에 박문서관, 보급서관, 광동서국, 신구서림 등에서 각각 단행본으로 출판한 작품이다. 흔히 '신소설'로 알려졌지만 실상은 '딱지본' 혹은 '이야기책'이라 불렸던 '활자본 고소설'의 형태로 출판되어 인기를 얻었던 작품이다.

　당시 《옥중화》는 1년에 7만 부 이상, 《강상련》은 6만 부 이상 팔려 "지금 조선에서 가장 많이 팔리는 책"으로 "농촌의 교과서"로 불릴 정도였다. 그런가 하면 1923년 최초로 민간 제작 영화 〈만고열녀 춘향전〉을 제작할 때 마땅한 시나리오가 없어 변사가 《옥중화》를 읽어 주고 거기에 맞춰 배우들이 연기를 했을 정도였다. 역설적으로 근대문학기 최고의 베스트셀러는 바로《옥중화》였던 것이다.

《옥중화》를 비롯해《강상련》,《연의 각》,《토의 간》등의 작품들은 이처럼 근대에 등장한 '새로운 고전'이고 근대문학기 최고의 인기작임에도 불구하고 오늘날 어느 출판사에서도 일반인이 읽을 수 있는 단행본으로는 출판되지 않았다. 아마도 판소리 혹은 판소리계 소설의 한 이본으로 보아 대부분《춘향전》,《심청전》,《흥부전》,《토끼전》을 펴내는 것으로 출판이 해소됐다고 여겼기 때문으로 보인다.

하지만 이 네 작품들은 분명 판소리를 근대에 들어와 새롭게 개작한 작품이다. 더욱이 당대 최고의 신소설 작가인 이해조가 개작한 작품으로 여러 면에서 근대적 면모가 두드러진다. 고전이 근대에도 살아서 자기 갱신을 한 작품인 셈이다. 이 때문에 이 네 작품은 고전의 이야기가 근대에 와서도 어떻게 살아서 활약했는가를 가늠할 수 있는 좋은 사례가 된다.

이런 대중성과 작품성을 고려해《옥중화》를 비롯해《강상련》,《연의 각》,《토의 간》등 판소리 개작소설 네 편을 현대어로 번역하고 각주를 달아 펴낸다. 편하게 읽도록 어려운 고어는 대부분 현대어로 고쳤지만, 인명이나 지명, 복식이나 벼슬 등 제도에 관련된 고유한 말은 그대로 두고 각주를 달았다. 수식에 동원된 한시나 고사성어 등은 현대어로 풀어 쓰되 각주를 달아 시인과 원문을 밝히고 전고(典故)를 상세히 밝혔다.

《옥중화》는 원문에 한자를 우선하고 한글을 병기했지만 《강상련》, 《연의 각》, 《토의 간》 세 작품은 한글을 우선하고 중요한 말이나 한시 등은 괄호 속에 한자를 넣어 완연한 한글소설로 출판했다. 대화를 표시하는데 지문이 없을 경우에는 괄호 속에 인물의 첫 글자를 넣었는데 현대역하는 과정에서도 시각적 효과가 있어 그대로 따랐다. 구체적인 표현은 불가피한 경우가 아니면 작품 원문에 따르도록 했다.

신문연재보다 정제된 단행본을 선별해 《강상련》은 1912년 11월 25일 광동서국(光東書局)에서 출판한 것을 번역대본으로 활용했다. 《강상련》을 통해 근대에 출현한 새로운 《심청전》의 맛을 느끼기를 기대한다. 본문을 꼼꼼하게 교열해 준 김범문 박사와 정성껏 책을 만들어 준 지식을만드는지식 편집부에 감사드린다.

2024년 봄
권순긍 씀

## 차 례

제1장 어화둥둥 내 딸이야・・・・・・・・・・・・・5
제2장 여보 마누라, 날 버리고 어디 가오 ・・・・・・20
제3장 젖동냥으로 키우고, 밥 빌어 봉양하고 ・・・・33
제4장 공양미 삼백 석에 눈을 뜬다면 ・・・・・・・46
제5장 삼백 석에 몸을 팔아・・・・・・・・・・・・57
제6장 임당수에 떨어지는 꽃 한 송이 ・・・・・・・79
제7장 용궁 간 심청, 뺑덕어미 만난 심 봉사 ・・・・96
제8장 연꽃에 담겨 생환해 황후가 되니 ・・・・・・112
제9장 맹인 잔치 가는 길, 멀고도 험하구나 ・・・・123
제10장 부녀 상봉하고 눈을 뜨니・・・・・・・・・138

해설 : 눈먼 아버지를 위한 자기희생과 구원 ・・・・147
지은이에 대해・・・・・・・・・・・・・・・166
옮긴이에 대해・・・・・・・・・・・・・・・168

1913년 신구서림에서 간행한 《강상련(江上蓮)》의 앞표지

강상련

《매일신보(每日申報)》에
《강상련(江上蓮)》의 연재 시작을 알리는 예고.
1912년 3월 17일 1면.

## 강상련(심청가) 예고

　금일부터는 다시 명창 심정순(沈正淳)의 구연(口演)한 바 〈심청가〉를 해관자(解觀子)의 교묘한 산정(刪正)으로 연일 게재하여 심청의 효행으로 하여금 금일 세도인심(世道人心)에 모범되게 하되 인정(人情)의 기미(幾微)를 지상(紙上)에 활약케 하오니 여러 군자는 이 제일 호부터 계속 애독하여 가정의 일조를 삼으시면 매우 다행입니다.

# 제1장 어화둥둥 내 딸이야

늦은 봄 피는 꽃은 곳곳이 만발인데, 정(情) 없이 부는 바람 꽃가지를 후려치니 낙화는 너울거리는 나비 같고 나비는 낙화같이 펄펄 날리다가, 임당수 흐르는 물에 힘없이 떨어지니 아름다운 봄소식은 물소리를 따라 흔적 없이 떠내려간다.

이때에 황주(黃州) 도화동(桃花洞)에 소경 하나 있는데, 성은 심(沈)이요 이름은 학규라. 대대로 잠영지족[1]으로 이름이 자자하더니, 집안이 몰락하여 이십에 눈이 머니 서울 가서 벼슬할 길이 끊어지고, 높은 자리에 오를 일은 사라졌다. 시골구석의 곤궁한 신세로 가까운 친척도 없고 겸하여 눈까지 어두우니 누가 대접할까마는 양반의 후예로서 행실이 청렴하고 의지와 기개가 고상하여 행동 하나라도 경솔히 아니하니 사람들이 다 군자라고 칭찬하더라. 그 아내 곽씨 부인 또한 현철하여 임사[2]의 덕과 장강[3]의

---

1) 잠영지족(簪纓之族) : 여러 대에 걸쳐 벼슬을 지낸 집안. '잠영(簪纓)'은 관원이 착용하던 비녀와 갓끈으로 양반 계급을 상징한다.

2) 임사(任姒) : 주나라 문왕(文王)의 어머니 태임(太妊)과 아내 태사

아름다움과 목란4)의 절개를 가졌으며, 《예기(禮記)》, 《가례》,5) 〈내칙편〉,6) 〈주남〉,7) 〈소남〉,8) 〈관저시〉9)를 모르는 것이 없었고, 제사를 정성껏 받들며 손님을 잘 접대하고 이웃과 화목하며, 가장(家長)을 공경하고 살림살이를

---

(太姒)를 아울러 가리키는 말로, 훌륭한 어머니와 어진 아내의 덕을 두루 갖춘 인물을 일컫는다.

3) 장강(莊姜) : 중국 춘추 시대 위(衛)나라 장공(莊公)의 아내 강씨(姜氏)로 얼굴이 아름답고 덕이 높았다고 한다.

4) 목란(木蘭) : 중국 남북조 시대를 배경으로 하는 작자 미상의 〈목란사(木蘭辭)〉에 나오는 효녀로 늙은 아버지를 대신해 남장을 하고 전쟁에 나가 이기고 돌아왔다고 한다. 〈뮬란〉이라는 대중영화와 애니메이션으로 널리 알려졌다.

5) 《가례(家禮)》 : 중국 명나라 때 구준(丘濬)이 관혼상제(冠婚喪祭) 등에 관한 주자(朱子)의 학설을 수집해 만든 책. 주자가 지었다고 해 《주자가례(朱子家禮)》라고 부른다.

6) 〈내칙편(內則篇)〉 : 중국 한나라 시대에 편찬된 《예기》의 편명. 주로 여자들에 관계된 예절이나 의식이 기록되어 있다.

7) 〈주남(周南)〉 : 《시경(詩經)》 〈국풍(國風)〉의 첫 번째 편명.

8) 〈소남(召南)〉 : 《시경》 〈국풍〉의 두 번째 편명. 〈주남〉과 더불어 '이남(二南)'이라 부르며 '소(召)'는 중국 기산현(岐山縣)의 한 지명이다.

9) 〈관저시(關雎詩)〉 : 〈주남〉의 첫째 장으로 젊은 남녀의 아름다운 만남을 칭송한 작품. 내용은 다음과 같다. "꾸룩꾸룩 우는 물수리는 황하의 섬에 있고(關關雎鳩, 在河之洲), 정숙하고 아리따운 아가씨는 군자의 좋은 짝이로다(窈窕淑女, 君子好逑)."

생애를 한탄하는 심봉사, 현철한 곽씨 부인

돌보는 모든 일들이 본받을 만하여 백이숙제(伯夷叔齊)의 청렴이요, 안회의 가난이라.[10] 물려받은 재산도 없이 한 칸 집에 나물밥과 표주박 물로 끼니를 이어 가는구나. 들판에는 한 조각 땅도 없고 행랑에는 노비 하나 없어 가련한 곽씨 부인 몸을 바쳐 품을 팔 때,

삯바느질, 관대(冠帶), 도포(道袍), 잔누비질,[11] 상침질,[12] 박음질과 외올뜨기,[13] 깨담누비,[14] 고두누비,[15] 솔[16] 기우며 더러운 옷 빨래, 풀 먹이기, 무명 삶아 말리는

---

10) 안회(顔回)의 가난이라 : 공자의 제자 가운데 안회는 덕의 실천에 가장 뛰어났다. 가난하고 불우한 생활에도 불구하고 오로지 공부와 수덕(修德)에만 전념해, 공자가 가장 사랑하는 제자가 되었다. 32세에 요절하자, 공자가 "하늘이 나를 버리시는도다"라고 탄식했다고 한다.

11) 잔누비질 : 두 겹의 천을 포개어 안팎을 만들고 그 사이에 솜을 넣어 죽죽 작은 줄이 지게 꿰매는 일.

12) 상침질 : 박아서 지은 겹옷이나 보료, 방석 따위의 가장자리를 실밥이 곁으로 드러나게 꿰매는 일.

13) 외올뜨기 : 여러 겹이 아닌 한 가닥의 올로 뜬 탕건이나 망건 따위의 물건.

14) 깨담누비 : 누비는 두 겹의 옷감 사이에 솜을 넣고 줄줄이 홈질하는 바느질을 이르는데 '깨담누비'는 깨알처럼 잘게 누비는 것을 이르는 말로 보인다.

15) 고두누비 : 옷을 총총하게 아래위로 박음질 하는 일.

일, 여름 의복, 적삼, 고의, 망건 꾸며 갓끈 접기, 배자, 토시, 버선 짓기, 행전[17] 대님, 허리띠와 주머니, 약주머니, 쌈지, 필낭,[18] 휘양,[19] 풍차,[20] 복건[21] 짓기, 갖은 금침 베갯모에 쌍원앙 수놓기며 문무백관의 관대, 흉배[22]에 외학, 쌍학, 범 그리기, 길쌈도 궁초, 공단, 토주,[23] 갑주,[24] 분주,[25] 저주,[26] 생반저,[27] 백마포, 춘포,[28] 무명, 극상 세

---

16) 솔 : 옷이나 이부자리의 두 쪽을 맞대고 꿰맨 줄. 천을 봉합할 때 생기는 선을 말한다.
17) 행전(行纏) : 바지를 입을 때 정강이에 감아 무릎 아래 매는 천.
18) 필낭(筆囊) : 붓을 넣어 차는 주머니.
19) 휘양 : 추울 때 머리에 쓰던 모자.
20) 풍차(風遮) : 겨울에 추위를 막기 위해 머리에 쓰는 방한용 두건.
21) 복건(幅巾) : 유생들이 도복에 갖추어 머리에 쓰던 관모. 한 폭의 천으로 만들어 쓰기에 복건이라고 부른다.
22) 흉배(胸背) : 왕족과 백관이 입는 관복의 가슴과 등에 수놓아 붙였던 사각형의 장식품. 문관은 학을 무관은 범을 수놓았는데 당상관은 쌍학이나 쌍범을, 당하관은 단학이나 단범을 붙였다.
23) 토주(吐紬) : 바탕이 두껍고 빛깔이 누르스름한 명주의 하나.
24) 갑주(甲紬) : 품질이 아주 좋은 명주.
25) 분주(粉紬) : 희고 고운 명주.
26) 저주(紵紬) : 모시와 명주로 섞어 짠, 조금 거친 비단의 하나.
27) 생반저 : 햇볕에 바라기를 할 때 반쯤 표백한 모시의 일종.

목29) 삯을 받고 맡아 짜고, 청황적백 침향30) 오색 각색으로 염색하기, 초상난 집 원삼31) 제복,32) 혼상대사33) 음식 차리기, 갖은 편,34) 중계35) 하기, 약과, 백산,36) 과줄, 다식, 정과,37) 냉면, 화채, 신선로, 갖은 반찬, 약주 빚기, 수파련38) 봉오림, 상배39) 보아 굄질,40) 일 년 삼백육십 일을 잠시라도 놀지 않고 품을 팔아 모을 적에, 푼41)을 모아 돈42)이 되면 돈을 모아 냥43) 만들고 냥을 모아 관44)이 되

---

28) 춘포(春布) : 굵은 면사를 날실로, 굵은 모시실을 씨실로 해 짠 천.
29) 세목(細木) : 올이 가늘고 고운 아주 좋은 무명.
30) 침향(沈香) : 침향나무의 목재에 함유된 수지(樹脂).
31) 원삼(圓衫) : 비단이나 명주로 지은 부녀 예복의 하나.
32) 제복(祭服) : 제사 때 입는 예복.
33) 혼상대사(婚喪大事) : 혼례와 상례 같은 중대한 일.
34) 편(䭏) : 떡을 점잖게 이르는 말.
35) 중계(中桂) : 유밀과(油蜜果)의 하나로 '중배끼'라고도 함.
36) 백산(白饊) : 유밀과의 한 종류.
37) 정과(正果) : 과일, 생강, 연근, 인삼 등을 꿀이나 설탕에 조린 음식.
38) 수파련(水波蓮) : 잔치 때 장식으로 쓰던 종이로 만든 연꽃.
39) 상배(床排) : 잔치에 음식상을 차리는 일.
40) 굄질 : 과일이나 과자, 떡 따위를 그릇에 보기 좋게 쌓아 올리는 일.
41) 푼 : 엽전을 세는 단위. 엽전 한 닢을 이른다.

면 이웃집 사람 중에 착실한 데 빚을 주어 실수 없이 받아들여 춘추시향45) 제사 지내기와 앞 못 보는 가장 공경 한결같으니 아래위 마을 사람들이 누가 아니 칭찬하랴?

  하루는 심 봉사가 곁에 마누라를 불러,

  "여보 마누라, 거기 앉아 내 말씀 들어 보오. 사람이 세상에 나서 부부야 누군들 없을까마는 이목구비 성한 사람도 엉큼한 계집을 얻어 부부 불화 많거니와 마누라는 전생에 나와 무슨 은혜가 있어 이생에 부부 되어 앞 못 보는 가장인 나를, 한시라도 놀지 않고 밤낮을 가리지 않고 벌어들여 어린아이 받들듯이 행여 추워할까 배고플까 의복 음식 때맞추어 지성으로 봉양하니, 나는 편하다 하겠지만 마누라 고생살이 도리어 불안하니 괴로운 일 너무 말고 사는 대로 사옵시다. 그러나 내 마음에 지극한 바람이 있소. 우리 나이가 마흔이나 슬하에 자식 한 명이 없어 조상들에게 제사를 끊게 되었으니, 죽어 황천에 돌아간들 무슨 면목으

---

42) 돈 : 엽전 열 푼을 이르던 말. 전(錢)이라고도 한다.

43) 냥(兩) : 전(錢) 혹은 돈의 열 배.

44) 관(貫) : 엽전을 세는 단위. 열 냥을 이른다.

45) 춘추시향(春秋時享) : 봄과 가을에 5대조 이상 조상들의 사당이나 무덤에서 지내는 제사.

로 조상을 대하오며, 우리 부부 죽은 뒤에 장례와 소대기[46]며 해마다 돌아오는 기제사(忌祭祀)에 밥 한 그릇 물 한 모금 뉘라서 떠 놓으리까? 병신자식이라도 남녀 간에 낳아 보면 평생 한을 풀 듯하니 명산대천(名山大川)에 정성이나 드려 보오."

곽씨 부인 대답하기를,

"옛글에 있는 말씀 '불효한 일이 삼천 가지나 되는데, 그중에 후사가 없는 것이 가장 크다'[47]고 했으니, 응당 내쫓을 일인데도 가군(家君)의 넓으신 덕으로 지금까지 몸을 보존하였으나 자식 두고 싶은 마음이야 몸을 팔고 뼈를 간들 무슨 일인들 못하겠습니까마는, 가장의 정대하신 성품을 알지 못하여 발설치 못하였더니 먼저 말씀하오시니 무슨 일을 못하리까? 지성껏 하오리다."

그날부터 곽씨 부인 품 팔아 모은 재물로 온갖 정성 다 드린다.

---

46) 소대기(小大朞) : 죽은 지 1년 만에 치르는 소상(小祥)과 2년 만에 치르는 대상(大祥)을 함께 이르는 말.

47) 불효한… 크다 : 원문은 "불효삼천에 무후위대(不孝三千에 無後爲大)"로 《맹자》〈이루상(離婁上)〉 편의 "불효유삼, 무후위대(不孝有三, 無後爲大)"를 변형해 차용했다.

명산대천 영신당,[48] 고묘총사,[49] 석왕사[50]에 석불 보살, 미륵님 전 음식 불공, 집짓기와 칠성불공,[51] 나한불공,[52] 백일산제,[53] 제석불공,[54] 가사시주,[55] 인등시주,[56] 창호시주,[57] 신중[58]맞이, 다리 적선,[59] 길 닦기와 집에 들

---

48) 영신당(靈神堂) : 신령한 무신(巫神)을 모신 집. 성황당(城隍堂).

49) 고묘총사(古廟叢祀) : 오래된 사당과 여러 잡신을 모신 사당.

50) 석왕사(釋王寺) : 강원도 고산군 설봉산에 위치한 절. 태조 이성계가 나라를 세우기 전 무학대사의 해몽을 듣고 왕이 될 것을 기원하기 위해 세웠다고 한다.

51) 칠성불공(七星佛供) : 칠성전(七星殿)에 가서 드리는 불공.

52) 나한불공(羅漢佛供) : 부처님의 제자인 16나한을 모신 응진전(應眞殿)과 석가삼존을 중심으로 5백 인의 아라한을 모신 오백나한전(五百羅漢殿)에 가서 드리는 불공.

53) 백일산제(百日山祭) : 백 일 동안 산신에게 지내는 제사.

54) 제석불공(帝釋佛供) : 인간의 출생을 관장하는 제석신(帝釋神)에게 드리는 불공.

55) 가사시주(袈裟施主) : 중들이 입는 가사를 짓는 데 비용을 내는 일.

56) 인등시주(引燈施主) : 부처 앞에 켤 등불의 기름을 시주함.

57) 창호시주(窓戶施主) : 창호지를 절에 시주함.

58) 신중(神衆) : 《화엄경(華嚴經)》을 수호하는 여러 신장.

59) 다리 적선 : 다리가 없어 내왕이 불편한 곳에 다리를 놓아 주거나 섬이나 오쟁이에 돌을 담아 노둣돌을 만들어 사람이 물을 건너기 편하게 만들어 적선을 하는 일.

어 있는 날도 성주,[60] 조왕,[61] 터주,[62] 업의 항,[63] 군웅,[64] 지신제(地神祭)를 갖가지로 다 지내니 공든 탑이 무너지며 심은 나무 부러질까? 현철한 곽씨 부인이 이런 정당하지 않은 일을 했을 리가 있겠느냐? 이것은 모두 광대의 농담이었던 것이다.

갑자 사월 초파일 날 꿈 하나를 얻었으되, 이상하고 맹랑하고 괴이하다. 천지 명랑하고 상서로운 기운이 공중에 어리고 오색구름이 둘리더니 선녀가 학을 타고 하늘에서 내려온다. 머리에는 화관(花冠)이요, 몸에는 노을빛 옷을 입었다. 월패(月佩)를 느슨하게 차고 옥패(玉佩) 소리 쟁그랑거리며 계수나무 꽃을 손에 들고 얌전히 내려와서 부인 앞에 절하고 곁으로 오는 모습이 월궁항아[65]가 달 속으로 돌아온 듯, 남해관음이 바닷속으로 돌아온 듯, 심신

---

60) 성주(城主) : 집을 지키고 보호하는 신령.

61) 조왕(竈王) : 부엌을 맡은 신.

62) 터주(-主) : 집터를 지키는 지신(地神).

63) 항(缸) : 살림을 맡아서 도와준다는 귀신(업신)을 위해 쌀이나 돈 따위를 넣어 모셔 두는 항아리.

64) 군웅(軍雄) : 무당이 섬기는 무신의 하나.

65) 월궁항아(月宮姮娥) : 중국 고대 신화에서, 달 속에 있다는 선녀.

이 황홀하여 진정하지 못할 적에, 선녀의 고운 모양 온화하게 여쭈오되,

"저는 다른 사람이 아니오라 서왕모[66]의 딸이러니 반도[67] 진상 가는 길에 옥진 비자(婢子)를 잠깐 만나 노닥거리다가 시간이 좀 늦었기로 상제(上帝)께 죄를 얻어 인간 세상에 귀양 와서 갈 바를 모르다가, 태상노군,[68] 후토부인,[69] 여러 부처, 보살, 석가님이 댁으로 지시하여 지금 찾아왔사오니 어여삐 여기소서!"

하며 품에 와 안기거늘, 곽씨 부인이 잠을 깨니 한바탕 꿈이라. 부부가 꿈꾼 것을 의논하니 두 사람의 꿈이 같은지라. 태몽인 줄 짐작하고 마음에 희한하여 못내 기뻐 여기더니, 그달부터 태기(胎氣)가 있어 곽씨 부인이 어진 예의범절 조심이 극진하더라.

---

66) 서왕모(西王母) : 중국 도교 신화에 등장하는 여신. 선인들을 다스리는 최고의 지위에 있으며 수하로 청조(靑鳥)와 구미호(九尾狐)를 부린다. 사람의 얼굴에 호랑이의 이[齒], 표범의 꼬리를 가진 산신령이 아름다운 여인으로 변했다고 한다.
67) 반도(蟠桃) : 전설에 나오는 신령스러운 복숭아로 서왕모가 심어서 3천 년에 한 번 열매를 맺는다.
68) 태상노군(太上老君) : 도교에서 노자(老子)를 높여 부르는 말.
69) 후토부인(后土夫人) : 땅을 지키는 여신. 즉 지신(地神).

비스듬히 앉지 않고 외발로 서지 않으며, 자리가 바르지 않으면 앉지 않고, 자른 데가 바르지 않은 음식은 먹지 않고, 귀로는 음란한 소리를 듣지 않고, 눈으로는 나쁜 색을 보지 않아[70] 열 달을 고이 채워 하루는 해산 기미가 있구나.

"애고 배야, 애고 허리야!"

심 봉사 겁을 내어 이웃집을 찾아가서 친한 부인 데려다가 해산구완 시키려 할 제, 짚 한 단 들여 깔고 새 사발 정화수 소반 위에 받쳐 놓고 좌불안석 급한 마음 순산하기 바탈 적에 향취가 진동하며 오색구름 두르더니 혼미한 중에 탄생하니 선녀 같은 딸이로다. 윗집 부인 들어와서 아기를 받은 후에 탯줄을 잘라 뉘어 놓고 밖으로 나갔구나. 곽씨 부인 정신 차려,

"여보시오 봉사님, 순산을 하였으니 남녀 간에 무엇이오?"

심 봉사 기쁜 마음에 아기를 더듬어 아랫도리를 한참

---

70) 비스듬히… 않아 : 원문은 "좌불변(坐不邊)하고 입불필(立不蹕)하며 석부정부좌(席不正坐), 할부정부식(割不正不食), 이불청음성(耳不聽淫聲), 목불시악색(目不視惡色)"으로 《열녀전》에 나오는 구절을 일부 차용했다.

이나 만지더니 웃으며 하는 말이,

"아기 샅을 만져 보니 손이 나룻배 지나가듯 거침없이 지나가는 것이 아마도 아들 반대되는 것을 낳았나 보오."

곽씨 부인 서러워하며,

"늙어서 낳은 자식, 딸이라니 원통하오."

심 봉사 대답하되,

"마누라, 그 말 마오. 딸이 아들만 못하대도 아들도 잘못 두면 조상에게 욕을 보일 것이요, 딸자식도 잘 두면 못된 아들과 바꾸리까? 우리 이 딸 고이 길러 예절 먼저 가르치고 바느질, 베 짜기를 잘 가르쳐, 요조숙녀 좋은 배필로 군자 신랑 잘 가리어 부부금실 즐기고 자손이 번성하면 외손봉사[71] 못하리까? 그런 말은 다시 마오."

윗집 부인에게 당부하여 첫 국밥을 얼른 지어 삼신상[72]에 받쳐 놓고 의관을 바로 하고 두 무릎을 공손히 꿇고 삼신께 두 손 모아 비는데, 성한 사람 같으면 나직이 빌련마는, 심 봉사는 근본 성품이 팔팔한 고로 삼신제왕님이 깜짝 놀라 도망가게 비는 것이었다.

---

71) 외손봉사(外孫奉祀) : 직계 비속이 없어 외손이 대신 제사를 받듦.

72) 삼신상(三神床) : 출산한 뒤 아기를 점지하는 일과 출산 및 육아를 관장하는 삼신할미에게 쌀밥과 미역국으로 올리는 상.

"삼십삼천,73) 도솔천,74) 이십팔수,75) 부처님, 삼신님. 영험하신 신령님네 모두 한마음으로 살피옵소서. 사십 후에 점지한 딸 열 달을 고이 거둬 순산을 시키시니 삼신님의 넓으신 덕 백골이 되어도 잊으리까? 다만 외딸이라도 오복을 점지하여 동방삭76)의 명을 주고, 석숭77)의 복을 태워 순임금과 증자(曾子)의 효행이며 반희78)의 자질이며 태임79)의 덕행이며 수복(壽福)을 고르게 태워 오이 붙

---

73) 삼십삼천(三十三天) : 불교의 우주관에서 세계의 중심으로 간주되는 수미산의 꼭대기에 있다. 수미산 꼭대기에는 사방에 각 8천성(八天城)이 있으며, 중앙에는 제석천(帝釋天)이 머무는 선견성(善見城)이 있기 때문에 합쳐서 모두 33성이 되어 삼십삼천이라고 한다.

74) 도솔천(兜率天) : 미륵보살이 머무는 내원, 천인들이 즐거움을 누리는 외원으로 구성된 천상의 정토를 가리키는 이상세계. 지족천(知足天).

75) 이십팔수(二十八宿) : 별자리의 수. 하늘의 적도를 따라 그 부근에 있는 별들을 28개의 구역으로 구분해 부른 이름이다.

76) 동방삭(東方朔) : 중국 한나라 무제 때 사람으로 해학과 말재주가 뛰어났다. 전설에 서왕모의 반도 복숭아를 훔쳐 먹어 3천 년을 장수했으므로 '삼천갑자동방삭'이라고 불린다.

77) 석숭(石崇) : 중국 서진(西晉) 때의 토호. 오나라를 토벌할 때 공을 세웠고 형주자사로 재직했으며 재산이 많아 부호의 대명사로 불린다.

78) 반희(班姬) : 중국 동한 때 반고(班固)와 반초(班超)의 여동생으로 문장과 재주가 뛰어났다. 반고가 《한서(漢書)》를 쓰다가 마치지 못하자 반희가 나머지를 완성했다 한다.

듯 가지 붙듯 잔병 없이 잘 자라나 일취월장(日就月將) 시키소서!"

더운 국밥 떠다 놓고 산모를 먹인 후에 심 봉사 귀한 마음에 아기를 어르는데,

"아가 아가, 내 딸이야, 아들 겸 내 딸이야. 금을 준들 너를 사며 옥을 준들 너를 사랴? 어화둥둥 내 딸이야. 열 소경에 한 막대,[80] 어두운 방 안 책상을 밝히는 등불, 어두컴컴한 새벽에 초롱불, 댕기 끝에 진주, 얼음 구멍 잉어로구나. 어화둥둥 내 딸이야. 남전북답(南田北畓) 장만한들 이보다 더 좋으며, 산호 진주 얻었던들 이보다 반가우랴? 포진강의 숙향(淑香)[81]이가 네가 되어 태어났냐? 은하수 직녀성이 네가 되어 내려왔냐? 어화둥둥 내 딸이야."

---

79) 태임(太妊) : 주나라 문왕(文王)의 어머니. 아들 문왕이 훌륭한 군주가 되도록 가르침이 남달랐다고 한다.

80) 열 소경에 한 막대 : 여러 곳에 요긴하게 쓰이는 물건으로 여러 사람이 믿고 의지하는 소중한 사람을 비유한다.

81) 포진강의 숙향(淑香) : 고전소설《숙향전》의 숙향은 다섯 번이나 죽을 액을 겪는데, 세 번째 고난으로 자식 없는 장 승상 댁에서 수양딸이 되어 살다가 시비 사향의 간계에 의해 금비녀와 옥장도를 훔쳤다는 누명을 쓰고 집을 나와 포진강에 투신한다. 이때 용녀가 나타나 숙향을 구하고 동쪽으로 가라 일러 준다.

## 제2장 여보 마누라, 날 버리고 어디 가오

딸을 얻고 밤낮으로 즐거워할 때, 뜻밖에 곽씨 부인 산후별증82)이 일어나 숨을 가쁘게 헐떡거리며 식음을 전폐하고 정신없이 앓는구나.

"애고 머리야, 애고 허리야, 애고 어머니야!"

심 봉사 겁을 내어 의원 찾아가 경(經)도 읽고, 점쟁이에게 물어 굿도 하며 백 가지로 서둘러도 죽기로 든 병이라 인력으로 어찌 할쏘냐? 심 봉사 기가 막혀 곽씨 부인 곁에 앉아 전신을 만져 보며,

"여보시오, 마누라. 정신 차려 말을 하오. 식음을 전폐하니 기가 허해 이러하오? 삼신님께 탈이 되며 제석님의 탈이 났나? 하릴없이 죽게 되니 이것이 웬일이오? 만일 불행히 죽게 되면 눈 어두운 이놈 팔자 일가친척 전혀 없어 혈혈단신 이내 몸이 올데갈데없으니 그 또한 원통한데 강보에 싸인 이 딸을 어찌하잔 말이오?"

곽씨 부인 생각하니 자기가 앓는 병세 살지를 못할 줄

---

82) 산후별증(産後別症) : 출산 후에 몸조리를 제대로 하지 못해 생기는 병. '산후더침'이라고도 한다.

알고 봉사에게 유언한다. 가군(家君)의 손을 잡고 휴우 한숨 길게 쉬며,

"여보시오 봉사님, 내 말씀 들어 보오. 우리 부부 해로하여 백년 동거 하였더니 명한[83]을 못 이겨 필경은 죽을 테니, 죽는 나는 서럽지 않으나 가군 신세 어이하리? 내 평생 먹은 마음 앞 못 보는 가장님을 내가 조금 데면데면하면 고생되기 쉽겠기에, 추위와 더위 가리지 않고 남촌, 북촌 품을 팔아 밥도 받고 반찬 얻어 식은 밥은 내가 먹고 더운밥은 가군 드려 배고프지 않고 춥지 않게 극진 공경하였더니, 천명이 이뿐인지 인연이 끊겼는지 하릴없이 죽게 되니, 내가 만일 죽게 되면 의복은 누가 거두며 아침저녁은 누가 차려 줄까? 사고무친(四顧無親) 혈혈단신 의탁할 곳 전혀 없어 지팡막대 거머쥐고 더듬더듬 다니다가, 구렁에도 떨어지고 돌에 채여 넘어져서 신세 자탄 우는 모양 눈으로 본 듯하고 배고픔과 추위를 못 이겨 가가문전(家家門前) 다니면서 '밥 좀 주오' 슬픈 소리 귀에 쟁쟁 들리는 듯, 나 죽은 혼백인들 차마 어찌 듣고 보며 주야장천[84] 기

---

83) 명한(命限) : 목숨의 한도.

84) 주야장천(晝夜長川) : 밤낮으로 쉬지 않고 계속해.

다리다 사십 후에 낳은 자식 젖 한 번도 못 먹이고 죽는단 말이 무슨 일인고?

　어미 없는 어린 것을 뉘 젖 먹여 길러 내며 춘하추동 사시절을 무엇 입혀 길러 내리. 이 몸 아차 죽게 되면 멀고 먼 황천길을 눈물 가려 어이 가며 앞이 막혀 어이 갈꼬? 여보시오 봉사님, 저 건너 김 동지 댁 돈 열 냥 맡겼으니 그 돈 찾아다가 나 죽은 초상 때에 넉넉히 쓰시고, 항아리에 넣은 양식 해산쌀로 두었더니 못다 먹고 죽어 가니 상여가 나간 후에 두고 양식 하옵소서. 진 어사 댁 관대(冠帶) 한 벌 흉배(胸背)에 학을 놓다 못다 놓고 보자기에 싸서 농 안에 넣었으니 남의 중한 의복 나 죽기 전에 보내옵고, 뒷마을 귀덕어미 나와 친한 사람이니 내가 죽은 후일지라도 어린아이 안고 가서 젖 좀 먹여 달라 하면 괄시 아니하리이다. 천행으로 저 자식이 죽지 않고 살아나서 제 발로 걷거들랑 앞을 세우고 길을 물어 내 무덤 앞에 찾아와서 '아가, 이 무덤이 너의 모친 무덤이다' 역력히 가르쳐서 모녀 상봉 시켜 주오. 천명을 못 이겨 앞 못 보는 가장에게 어린 자식 떼쳐 두고 죽어 영영 이별 돌아가니 가군의 귀하신 몸 애통하여 상하지 말고 천만 보전하옵소서. 전생에 맺힌 한을 후생에 다시 만나 이별 없이 사옵시다."

　한숨 쉬고 돌아누워 어린아이 데려다 낯을 대고 혀를

차며,

"천지도 무심하고 귀신도 야속하다. 네가 진작 생겼거나, 내가 조금 더 살거나. 너 낳자 나 죽으니 한량없이 구천에 사무치는 슬픔을 너로 하여 품게 되니, 죽는 어미 산 자식이 생사 간에 무슨 죄냐? 아가, 내 젖 마지막으로 먹고 오래오래 잘 살아라. 아차, 내가 잊었소. 이 아이 이름일랑 '심청(沈淸)'이라 불러 주오. 이 애 주려고 지은 굴레[85]에 짙은 옥판, 붉은 수실, 진주 드리개, 노리개 달아 함 속에 넣었으니 엎치락뒤치락하거들랑 나 본 듯이 씌워 주오. 할 말이 무궁하나 숨이 가빠 못하겠소."

한숨 겨워 부는 바람 쌀쌀하고 구슬픈 바람이 되었고, 눈물겨워 오는 비는 쓸쓸한 보슬비가 되었어라. 딸꾹질 두세 번에 숨이 덜컥 그쳤구나. 심 봉사는 앞 못 보는 사람이라. 죽은 줄 모르고 끝내 살아 있는 줄 알고,

"여보 마누라, 병들면 다 죽을까? 그런 일 없나이다. 약방에 가 문의하여 약 지어 올 것이니 부디 안심하옵소서."

속속히 약을 지어 집으로 돌아와 화로에 불 피우고 부

---

85) 굴레 : 조선 시대 때 여자아이들이 쓰던 모자. 상류층 가정에서 돌 무렵부터 4, 5세 정도의 어린이들에게 호사 겸 방한모로 씌웠다. 주로 비단으로 만들었으나, 여름에는 깁을 사용하기도 했다.

채질해 달여 내어 삼베 수건에 얼른 짜 들고 오며,

"여보 마누라, 일어나 약 자시오."

일어앉히려 할 때 무서운 마음이 나서 사지를 만져 보니 수족은 다 늘어지고 코밑에 찬김이 나니, 심 봉사 기가 막혀 부인이 죽은 줄 알고 실성 발광하는데,

"애고, 마누라! 참으로 죽었는가?"

가슴 쾅쾅, 머리 탕탕, 발 동동 구르면서,

"여보시오 마누라, 그대 살고 나 죽으면 저 자식을 잘 키울 걸, 그대 죽고 내가 살아 저 자식을 어찌하며, 구차히 사는 살림 무엇 먹고 살아날까? 엄동설한 북풍 불 때 무엇 입혀 길러 내며, 배고파 우는 자식 무엇 먹여 살려 낼까? 평생에 정한 뜻이 살거나 죽거나 함께하자더니 염라국이 어디라고 나 버리고 어디 갔소? 인제 가면 언제 올까? '푸른 봄에 짝지어 즐거이 고향으로 돌아오리라'[86]던 봄을 따라 오려는가? '푸른 하늘에 달이 떠 있은 지 얼마나 됐는가?'[87] 달을 좇아오려는가? 꽃도 지면 다시 피고 해도 졌

---

86) 푸른… 돌아오리라 : 원문은 "청춘작반호환향(青春作伴好還鄉)"으로 두보(杜甫)의 시 〈관군이 하남과 하북을 수복했다는 말을 듣고(聞官軍收河南河北)〉에서 차용했다.

87) 푸른… 됐는가 : 원문은 "청천유월래기시(青天有月來幾時)"로 이백

다 돋건마는 마누라 가신 곳은 몇 만 리나 멀었기에 한번 가면 못 오는가? 삼천 년에 한 번 복숭아 열리는 요지 잔치88)에 서왕모를 따라 갔나? 월궁항아 짝이 되어 약 찧으러 올라갔나? 황릉묘89) 이비(二妃) 전에 마음속 품은 말을 하러 갔나?"

목이 굽혀 덜컥덜컥 위로 둥글 아래로 둥글 원통하게 숨이 끊어져 서럽게 우니, 도화동 사람들이 남녀노소 없이 뉘 아니 슬퍼하리? 동네에서 공론하되,

"곽씨 부인 작고함도 지극히 불쌍하나, 앞 못 보는 심봉사가 그 아니 불쌍한가? 우리 동네 백여 호가 십시일반으로 한 돈씩 거두어 현철한 곽씨 부인 장례 치러 주면 어떠하오?"

---

(李白)의 시 〈술잔 들어 달에게 묻노라(把酒問月)〉에서 차용했다.

88) 삼천… 잔치 : 원문은 "삼천벽도요지연(三千碧桃瑤池宴)"이다. 중국 전설에 의하면 서왕모(西王母)가 사는 곤륜산 요지(瑤池)에 3천 년에 한 번 복숭아가 열리는데, 옥황상제에게 진상하고 하늘의 신선과 선녀들을 초대해 잔치를 벌인 것을 말한다.

89) 황릉묘(黃陵廟) : 요(堯)임금의 두 딸이자 순(舜)임금의 두 비인 아황(娥皇)과 여영(女英)의 사당. 순임금이 창오산(蒼梧山)에서 죽은 후 두 왕비는 소상강(瀟湘江)에 빠져 죽어 열녀의 효시가 되었고, 이를 기리기 위해 동정호의 섬인 군산에 두 비의 사당인 '상비사(湘妃祠)'가 세워졌다. 황릉묘가 바로 이곳이다.

그 말이 한번 나니 모두 한입처럼 응낙하고, 출상을 하려 할 때 불쌍한 곽씨 부인 옷과 이부자리, 관곽[90] 정결하게 하여 새로 만든 상여 대틀 위에 관을 묶어 내어놓고, 명정,[91] 공포,[92] 운아삽[93]을 좌우로 갈라 세우고, 견전제[94] 지낸 후에 상여를 운송할 때 상두치레[95] 눈부시다.

남대단 휘장, 백공단 차양에 초록대단 선을 둘러 남공단 드림에 홍부전 금자 박아 앞뒤 난간 순금 장식 국화 걸어 드리웠다. 동서남북 청의동자 머리에 쌍 북상투[96] 좌우 난간 빗겨 세우고, 동에 청봉, 남에 적봉, 서에 백봉, 북

---

90) 관곽(棺槨) : 시체를 넣는 데 쓰는 속 널과 겉 널을 아울러 이르는 말.
91) 명정(銘旌) : 장례식에 쓰이는 조기(弔旗). 붉은 천에 흰 글씨로 죽은 사람의 관직이나 성명(姓名) 따위를 적고 장대에 달아 상여 앞에 들고 가서 널 위에 펴고 묻는다.
92) 공포(功布) : 관을 묻을 때 관을 닦는 삼베 헝겊. 발인할 때 명정과 함께 앞에 세우고 간다.
93) 운아삽(雲亞翣) : 발인할 때 상여의 앞뒤에 세우는 운삽(雲翣)과 아삽(亞翣)을 아울러 이르는 말.
94) 견전제(遣奠祭) : 영구를 상여에 실은 다음 마지막으로 문 앞에서 지내는 제사. 노제(路祭), 노전(路奠)이라고도 한다.
95) 상두치레 : 상여를 장식할 때 실속 이상으로 꾸며 드러냄.
96) 툭상투 : 아무렇게나 끌어올려 짠 상투.

에 흑봉, 한가운데 황봉, 주홍 실 벌매듭에 쇠코 물려 드리우고, 앞뒤에 청룡새김 벌매듭 드리웠다. 구정97) 메는 상두군은 두건 제복(祭服) 행전(行纏)까지 생베로 거들고서 상여를 엇메고98) 갈지(之)자로 운상(運喪)한다.

"땡그랑 땡그랑, 어화 넘차 너하!"

그때에 심 봉사는 어린아이를 강보에 싸 귀덕어미에게 맡겨 두고 제복을 얻어 입고 상두 뒤채 양쪽으로 걸쳐 잡고 미친 듯이, 취한 듯이 실성발광 부축 받아 나가면서,

"애고, 여보 마누라, 날 버리고 어디 가나? 나도 감세. 나와 가. 말이라도 나와 감세. 어찌 그리 무정한가? 자식도 귀하지 않소? 어려서도 죽을 테요, 굶어서도 죽을 테니 나와 함께 가사이다."

"어화 넘차 너하! 불쌍한 곽씨 부인 행실도 정숙하고 점잖더니 불쌍히도 죽었구나. 어화 넘차 너하! 북망99)이 멀다 마소. 건너 산 북망일세. 어화 너하 너하! 이 세상에 나

---

97) 구정(九井) : 양쪽에 넓은 줄을 걸어 한쪽에 열여덟 사람씩 메는 큰 상여.
98) 엇메다 : 한쪽 어깨에서 다른 쪽 겨드랑이 밑으로 걸어서 메다.
99) 북망(北邙) : 묘지가 많은 곳이나 사람이 죽어 묻히는 곳. 북망산(北邙山).

온 사람 장생불사(長生不死) 못하여서 이 길 한 번 당하지만, 어화 넘차 너하! 우리 마을 곽씨 부인 칠십까지 사는 복을 못 누리고 오늘 이 길 웬일인가? 어화 너하 너하! 새벽닭이 재우쳐 우니 서산 명월 다 넘어가고 푸른 나무에 슬픈 바람이 슬슬 분다. 어화 너하 너하!"

건너 안산[100] 돌아들어 볕이 잘 드는 곳 가리어서 깊이 안장한 연후에 평토제[101] 지낼 적에 어동육서,[102] 홍동백서,[103] 좌포우혜[104] 벌여 놓고 축문[105]을 읽을 적에 심 봉사가 근본 맹인이 아니라 이십 후 맹인이라. 속에 아는 것이 넉넉하여 서럽고 억울한 사연을 하소연하는 축을 지어 심 봉사가 읽었다.

---

100) 안산(案山) : 풍수지리에서 집터나 묏자리의 맞은편에 있는 산.

101) 평토제(平土祭) : 장례 때 구덩이의 흙이 평토가 되면 신주를 만들어 그 앞에 모셔 놓고 드리는 제사. 봉분제(封墳祭).

102) 어동육서(魚東肉西) : 생선은 동쪽, 고기는 서쪽에 놓는 제례의 진설 탕식.

103) 홍동백서(紅東白西) : 붉은 과일은 동쪽, 흰 과일은 서쪽에 놓는 제례의 진설 방식.

104) 좌포우혜(左脯右醯) : 신위(神位)를 중심으로 포는 왼쪽, 식혜는 오른쪽에 놓는 제례의 진설 방식.

105) 축문(祝文) : 제사를 지낼 때, 신명(神明)에게 고하는 글.

"아, 부인이여! 아, 부인이여! 이런 정숙하고 얌전한 부인을 맞았으니, 기러기 끼룩대며 짝을 바랐던 거라네. 백년해로를 기약하더니, 홀연 죽어 혼이 되어 돌아갔구나. 어린 자식 남겨 놓고 영영 떠나니, 이것을 무슨 수로 길러 내리. 가서는 돌아오지 못해 말이 없으니, 어느 때에 다시 오냐고 물어보려나? 소나무와 가래나무를 집으로 삼아, 취해 자듯이 길이 누웠도다. 당신의 음성과 모습이 사라지니, 아, 다시 보고 듣기가 어렵구나. 백양나무 밖에서 달이 지니, 산은 적막하고 밤 깊은데, 마치 무슨 소리가 들리는 것 같아, 무슨 말을 호소한들, 이승과 저승이 떨어지고 길이 끊어져 누구라서 위로하리.106) 주과포혜107) 소박한

---

106) 이런 정숙하고… 끊어져 : 원문은 다음과 같다. "요차요조숙녀혜(邀此窈窕淑女兮)여, 태명안지옹옹(迨鳴雁之嗈嗈)이라. 기백년지해로혜(期百年之偕老兮)여, 홀연몰혜혼귀(忽然歿兮魂歸)로다. 유치자이영서혜(遺稚子而永逝兮)여, 이하술이막육(以何術而莫育)하리? 귀불귀혜무언(歸不歸兮無言)하니, 문하시이갱래(問何時而更來)하나. 탁송추이위가(托松楸而爲家)하여, 여취수이장와(如醉睡而長臥)로다. 상음용혜적막(想音容兮寂寞)하니, 차난견이난문(嗟難見而難聞)이라. 백양지외월락(白楊之外月落)하여, 산혜적적(山兮寂寂) 야심(夜深)한데 여추추이유성(如啾啾而有聲)하여 무슨 말을 호소한들 격유현이로수(隔幽玄而路殊)하여 게 뉘라서 위로하리."

107) 주과포혜(酒果脯醯) : 술, 과일, 포, 식혜로 간략한 제물.

술잔이나 많이 먹고 돌아가오."

축문을 다 읽더니 심 봉사 기가 막혀,

"여보시오, 마누라. 나는 집으로 돌아가고 마누라는 예서 살고, 으으으."

달려들어 봉분에 가 엎어져서 통곡하며 하는 말이,

"그대는 만사를 잊어버리고 깊은 산곡 중에 소나무, 잣나무로 울타리를 삼고, 두견새 벗이 되어 창오산[108] 밤 밝은 달에 화답가를 하려는가? 내 신세 생각하니 개밥에 도토리요, 꿩 잃은 매가 되니 누구를 믿고 살 것인가?"

봉분을 어루만지며 실성통곡 울음 우니 동네 사람들이 뉘 아니 설워하리. 심 봉사를 위로하며,

"마오 마오, 이리 마오. 죽은 아내 생각 말고, 어린 자식 생각하오."

아내 잃은 고통을 진정하여 집으로 돌아올 제 심 봉사 정신 차려 장례에 오신 손님 백배치사 하직하고 집에를 당도하니, 부엌은 적막하고 방은 텅 비었는데 향(香)만 그저

---

108) 창오산(蒼梧山) : 순임금이 죽은 곳. 지금의 중국 후난성(湖南省)에 있다. 《사기》〈오제본기(五帝本紀)〉에 "순제는 창오(蒼梧)의 벌판에서 쓰러져 장강(長江) 남쪽 구의(九嶷)에 묻혔다(舜南巡崩於蒼梧之野, 葬於江南九嶷)"는 대목이 보인다. 구의산(九嶷山)이라고도 한다.

피어 있다. 휑뎅그렁한 빈방에 벗 없이 혼자 앉아 온갖 슬픈 생각할 때, 귀덕어미 돌아와서 아기를 주고 가니, 아기 받아 품에 안고 지리산 갈까마귀 게발 물어 던진 듯이 혼자 우뚝 앉았으니 설움이 하늘에 가득한데, 품 안에 어린 아기 재우쳐 울음 운다. 심 봉사 기가 막혀,

"아가 아가, 울지 마라. 너의 모친 먼 데 갔다. 낙양 동촌 이화정[109]에 숙낭자를 보러 갔다. 황릉묘 이비(二妃)한테 마음 속 말을 하러 갔다. 너도 너의 모친 잃고 설움겨워 우느냐? 울지 마라, 울지 마라. 네 팔자가 얼마나 좋으면 칠일 만에 어미 잃고 강보 중에 고생하리. 울지 마라, 울지 마라. 해당화 범나비야 꽃이 진다 서러워 마라. 명년 삼월 돌아오면 그 꽃 다시 피어나리라. 우리 아내 가신 데는 한번 가면 못 오신다. 어진 심덕(心德) 착한 행실 잊고 살 길 전혀 없다. '떨어지는 해는 현산(峴山)의 서쪽으로 지려 하네.'[110] 해가 져도 부인 생각, '파산에 내리는 밤비

---

[109] 이화정(梨花亭) : 고전소설 《숙향전》에서 마고할미가 주인공 숙향을 고난에서 구해 데려간 곳. 거기서 수를 놓아 팔다가 천생연분인 이선을 만나 어렵사리 사랑을 이루어 간다.

[110] 떨어지는… 하네 : 원문은 "낙일욕몰현산서(落日欲沒峴山西)"로 당나라 시인 이백(李白)의 〈양양가(襄陽歌)〉에서 차용했다.

는 가을 연못을 넘치게 하네.'[111] 빗소리도 부인 생각, '가랑비 내리는 맑은 강에 짝 지어 날던'[112] 짝 잃은 외기러기 맑은 모래 푸른 바다 바라보고 뚜루룩 끼룩 소리하고, 북천(北天)으로 향하는 양 내 마음 더욱 슬퍼, 너도 또한 임을 잃고 임 찾아 가는 길인가? 너와 나와 비교하면 두 팔자가 같구나."

---

111) 파산에(巴山)… 하네 : 원문은 "파산야우창추지(巴山夜雨漲秋池)"로 당나라 시인 이상은(李商隱)의 〈비 내리는 밤에 북으로 부치며(夜雨寄北)〉에서 차용했다.

112) 가랑비… 날던 : 원문은 "세우청강량량비(細雨淸江兩兩飛)"로 출전은 자세하지 않다.

## 제3장 젖동냥으로 키우고, 밥 빌어 봉양하고

그날 밤을 지낼 적에 아기가 기진하니 어두운 눈이 침침하여 어찌할 줄 모르더니, 동방이 밝아지며 우물가에 두레박 소리 귀에 얼른 들리거늘 날 샌 줄 짐작하고 문 펄쩍 열어젖히고 우둥퉁 밖으로 뛰쳐나가,

"우물가에 오신 부인, 뉘신 줄 모르오나 칠일 만에 어미 잃고 젖 못 먹여 죽게 되니 이 애 젖 좀 먹여 주오!"

저 부인 대답하되,

"나는 과연 젖이 없소. 젖 있는 여인네가 이 동네 많으니 아기 안고 찾아가서 젖 좀 먹여 달라 하면 누가 괄시하오리까?"

심 봉사 그 말 듣고 품속에 아기 안고 한 손에 지팡이 짚고 더듬더듬 동네 가서 아이 있는 집을 물어 사립문 안에 들어서며 애걸복걸 비는 말이,

"이 댁이 뉘시온지 모르오나, 사뢸 말씀 있나이다."

그 집 부인 밥을 하다 천방지축 나오면서 처량하게 대답한다.

"지난 말은 다 아니하나, 어찌 고생하시오며 어찌 오셨나이까?"

심 봉사 눈물지며 목메어 하는 말이,

"현철한 우리 아내 인심으로 생각하나, 눈 어두운 나를 본들 어미 없는 어린 것이 이 아니 불쌍하오? 댁 집 귀한 아기 먹고 남은 젖 있거든 이 애 젖 좀 먹여 주오."

동서남북 애걸하니 젖 있는 여인네가 목석인들 안 먹이며 도척113)인들 괄시하리?

칠월이라 불더위에 김을 매고 쉬는 틈에,

"이 애 젖 좀 먹여 주오."

맑은 시냇가에 빨래하다 쉬는 틈에,

"이 애 젖 좀 먹여 주오."

근방의 부인네들 봉사 근본 아는 까닭에 한없이 측은하여 아기 받아 젖을 먹여 봉사 주며 하는 말이,

"여보시오 봉사님, 어려워하지 말고 내일도 안고 오고, 모레도 안고 오면 이 애 설마 굶기리까?"

심 봉사 아기 받고 부인들께 치하하되,

"어질고 후덕하시어 좋은 일을 하시니, 우리 동네 부인네들 세상에는 드무오니 비옵건대 여러 부인네들 오래 살

---

113) 도척(盜跖) : 중국 춘추 시대의 큰 도적. 노(魯)나라의 현인 유하혜(柳下惠)의 아우로, 수천 명의 무리를 거느리고 천하를 횡행했다. 악한 사람을 비유적으로 이르는 말로 쓰인다.

후덕하신 동리 부인, 이 애 젖 좀 먹여 주오

고 복을 누리소서!"

거듭 절을 하며 사례하고 아기를 품에 안고 집으로 돌아와서 아기 배를 만져 보며,

"허허, 내 딸 배불렀다. 일 년 삼백육십 일 일생 이만하고 지고, 이것이 뉘 덕이냐? 동네 부인 덕이로다. 어서어서 잘 자라라. 너도 너의 모친같이 현철하고 효행 있어 아비에게 귀염 보이어라. 어려서 고생하면 부귀하고 아들이 많으니라."

요 덮어 뉘어 놓고 사이사이 동냥할 때 마포 전대 두 동 지어 왼 어깨에 엇매고 지팡이 들어 짚고 구부정하고 더듬더듬 이 집 저 집 다니면서 사철 없이 동냥한다. 한편에 쌀을 넣고 한편에 베를 얻어 주는 대로 저축하고 한 달 여섯 번 장(場) 서기 전에 거두어 어린아이 암죽거리, 설탕, 홍합 사서 들고 더듬더듬 오는 모양이 뉘 아니 불쌍하리?

매월 초하루와 보름에 소상, 대상 거르지 않고 지나갈 제, 그때 심청이는 장래 크게 될 사람이라. 천지신명이 도와주고 여러 부처, 보살이 보호하여 잔병 없이 자라나 육칠 세 되어 가니 소경 아비 손길 잡고 앞에 서서 인도하고, 십여 세 되어 가니 얼굴이 일색이요 효행이 하늘이 냄이라. 소견이 능통하고 지조가 월등하여 부친 전 조석공양, 모친의 기제사를 지극히 공경하여 어른을 압도하니 뉘 아

니 칭찬하랴? 하루는 심청이 부친 전에 여쭈오되,

"아버님, 들으십시오. 말 못하는 까마귀도 숲속 저문 날에 반포[114]를 할 줄 알고, 곽거[115]라 하는 사람은 부모께 효도하여 음식 공양을 극진히 할 때 서너 살 된 어린아이가 부모 반찬 먹는다고 산 자식을 묻으려고 부부 서로 의논하고 땅을 파다 금을 얻어 부모 봉양하였고, 맹종[116]은 효도하여 엄동설한에도 죽순을 얻어 부모 봉양하였으니, 소녀 나이 십오 세라 옛 효자만 못할망정 맛있는 음식으로 부모를 봉양하지 못하리까? 아버지 어두우신 눈 험한 길 다니시다 넘어져 상하기 쉽고 비바람을 피하지 못하시고 다니시면 병환 날까 염려되오니, 아버지는 오늘부터 집안에 계시면 소녀 혼자 밥을 빌어 조석 근심 덜어 드리리다."

---

114) 반포(反哺) : 까마귀는 새끼가 자라면 먹이를 물어다가 어미를 먹인다고 한다. 인간이 부모에게 효도하는 것과 같아 '반포지효(反哺之孝)'라 해 효도의 상징으로 여긴다.

115) 곽거(郭巨) : 후한(後漢) 시대 효자로 이름난 사람.

116) 맹종(孟宗) : 삼국 시대 오(吳)나라의 이름난 효자로 원(元)나라 때 선정한 24효의 인물 중 하나다. 죽순을 좋아하던 어머니를 위해 겨울에 대밭에 가서 탄식하니 죽순이 돋았다는 고사가 있다. 이를 '맹종읍죽(孟宗泣竹)'이라 한다.

심 봉사 크게 웃으며,

(봉) "네 말이 효녀로다. 인정은 그러하나 어린 너를 내보내고 앉아 받아먹는 마음 내가 어찌 편하겠느냐? 그런 말은 다시 마라."

(심청) "아버지, 그 말 마오. 자로는 현인으로 백리부미 하였고,[117] 옛날 제영이는 낙양옥(洛陽獄)에 갇힌 아비를 위해 몸을 팔아 속죄하였으니,[118] 그런 일을 생각하면 사람은 일반인데 이만한 일을 못하리까? 너무 만류 마옵소서."

심 봉사 옳게 여기어,

"효녀로다, 내 딸이여! 네 말이 기특하니 아무려나 하려무나."

심청이 그날부터 밥을 빌러 나설 적에, 먼 산에 해 비치고 앞마을 연기 나니 가련하다. 심청이가 헌 베 바지 웃대님[119] 매고, 깃만 남은 헌 저고리, 자락 없는 푸른 무명 휘

---

[117] 자로(子路)는⋯ 백리부미(百里負米)하였고 : 공자의 제자 자로가 부모를 봉양하기 위해 쌀을 지고 백 리나 되는 먼 길을 걸었다는 고사.

[118] 제영(緹縈)이는⋯ 속죄하였으니 : 제영은 한(漢)나라 문제(文帝) 때의 효녀. 아버지 순우의(淳于意)가 죄를 지어 장차 사형을 당하게 되자, 황제에게 글을 올려 자신이 관비가 되어 아버지의 죄를 대신하겠다 하니 문제가 가상히 여겨 부친의 사형을 감해 주었다는 고사가 있다.

[119] 웃대님 : 무릎 바로 밑에 매는 대님. 중대님.

양 볼썽없이 숙여 쓰고, 뒤축 없는 헌 짚신에 버선 없이 발을 벗고, 헌 바가지 손에 들고 건넛마을 바라보며 가련하게 나설 적에, 온 산에는 새들 날기 그쳤고, 모든 길에는 사람 자취 끊겼구나.120) 북풍의 모진 바람 살 쏘듯이 불어온다. 황혼에 가는 거동 눈 뿌리는 수풀 속에 외로이 어미 잃고 날아가는 까마귀라. 옆걸음 쳐 손을 불며 옹송그려 건너간다. 건넛마을 다다라 이 집 저 집 밥을 빌 때 부엌문 안 들어서며 가련히 비는 말이,

"모친 돌아가신 후에 앞 못 보는 우리 부친 공양할 길 없사오니 댁에서 잡수시는 대로 한 술만 주소서."

보고 듣는 사람들이 마음이 감동하여 그릇 밥 김치 장을 아끼지 않고 덜어 주며,

"아가, 어서 추위를 녹이고 많이 먹고 가거라."

심청이 여쭈오되,

"추운 방에 늙은 부친 나 오기만 기다리니 어찌 나 혼자 먹사오리까?"

이렇게 얻은 밥이 두세 그릇 족한지라, 심청이 급한 마

---

120) 온 산에는… 끊겼구나 : 당송팔대가(唐宋八大家)의 한 명인 유종원(柳宗元)의 시 〈강설(江雪)〉의 첫 구절 "온 산에는 새 날기 그쳤고(千山鳥飛絶), 모든 길에는 사람 발자취 끊겼다(萬徑人跡滅)"에서 차용했다.

음 속속히 돌아와서 사립문 밖에 당도하며,

"아버지 춥지 않소? 대단히 시장하지요? 여러 집을 다니자니 자연 지체되었습니다."

심 봉사 딸 보내고 마음 놓지 못하다가 딸 소리 반겨 듣고 문 펄쩍 마주 열고,

"애고 내 딸, 너 오느냐?"

두 손목 덥석 잡고,

"손 시리지 아니하냐? 화롯불 쬐어라."

심 봉사 기가 막혀 훌쩍훌쩍 눈물지으며,

"애달프다, 내 팔자야! 앞 못 보고 구차하여 쓰지 못할 이 목숨이 살면 무엇 하자 하고 자식 고생시키는고?"

심청의 장한 효성 부친을 위로하며,

"아버지, 서러워 마오. 부모님께 봉양하고 자식께 효도 받는 것이 천지에 떳떳하고 사리와 체면에 당연하니 너무 울적해 마옵소서."

이렇게 봉양할 때 춘하추동 사시절을 쉬는 날 없이 밥을 비니 동리 걸인 되었구나. 나이 점점 자라 가니 바느질과 길쌈 능란하여 동리 집 바느질을 하여 공밥 먹지 아니하고 삯을 받아 모은 돈을 부친의 의복, 반찬 근근이 공양하며 지낸다. 세월이 흐르는 물처럼 빨리 가서 십오 세 당하더니 얼굴이 국색(國色)이요 효행이 하늘이 낸 중 재질

부친이 오죽 배고프랴, 밥 얻어 들고 오는 심청

이 비범하고 문필도 넉넉하여 인의예지, 삼강행실, 무슨 일을 하든지 능히 감당할 수 있으니 타고난 아름다운 재질이라. 여자 중에 군자요, 새들 가운데 봉황, 꽃 중에 모란이라. 아래위 마을 사람들이 모친을 본받았다고 칭찬이 자자하여 원근에 전파하니라.

하루는 건너편 무릉촌 장 승상 부인이 심청이 소문을 들으시고 시비를 보내어 심 소저를 청하거늘, 심청이 그 말 듣고 부친 전에 여쭈오되,

"아버지, 천만의외에 장 승상 부인께서 시비께 분부하여 소녀를 부르시니 시비와 함께 가오리까?"

심 봉사 그 말 듣고,

"일부러 부르신다니 아니 가 뵈옵겠느냐? 여보아라, 그 부인이 일국 재상 부인이니 조심하여 다녀와라."

심청이 대답하고,

"아버지, 소녀가 더디 다녀오게 되면 그간 시장하실 테니 진짓상을 보아 밥상 위에 놓았으니 시장하시거든 잡수시오. 쉬이 다녀오리다."

하직하고 물러서서 시비를 따라갈 때 천연하고 단정하여 천천히 걸음 걸어 승상 문전 당도하니, 문전에 드리운 버들 다섯 그루 봄빛을 자랑하고 담 안에 곱고 아름다운 꽃과 풀 중향성121)을 열어 놓은 듯, 중문 안을 들어서니 건

축이 웅장하고 장식도 화려하다. 높은 단에 다다르니 반백이 넘는 부인이 의상이 단정하고 몸집이 풍부하여 복록이 가득하다. 심청을 반겨 보고 일어서 맞은 후에 심청이 손을 잡고,

"네 과연 심청이냐? 듣던 말과 다름없구나."

자리를 주어 앉힌 후에 자세히 살펴보니 별로 단장한 일 없이 타고난 국색이라. 단정히 앉은 모양 맑은 시냇가에 목욕하고 앉은 제비 사람 보고 놀라는 듯, 얼굴이 뚜렷하여 연못 가운데 돋은 달이 물가에 비친 듯, 추파를 흘리니 새벽 비 갠 하늘에 환한 샛별 같고, 팔자청산(八字靑山) 가는 눈썹 초승달의 정신이요, 두 뺨에 고운 빛은 연꽃이 새로 핀 듯, 붉은 입술 하얀 이 말하는 양은 농산의 앵무[122]로다.

---

121) 중향성(衆香城) : 내금강(內金剛)의 영랑봉(永郎峰) 동남쪽을 병풍처럼 둘러싸고 있는 하얀 바위 성.

122) 농산(隴山)의 앵무 : 농산은 지금의 산시성(陝西省) 룽현(隴縣) 서북에 있는 룽산이다. 앵무새의 서식지로 유명해 앵무새를 '농객(隴客)'이라 부른다. 당나라 잠삼(岑參)의 시 〈북쪽 변방으로 부임해 농산을 넘으며 집 생각을 하다(赴北庭度隴思家)〉에 "농산의 앵무새 능히 말을 하나니(隴山鸚鵡能言語), 고향집에 부치는 몇 마디 글월 알려줄 수 있으려나(爲報家人數寄書)"라는 구절이 있다.

"전생은 내 몰라도 분명한 선녀로다. 도화동에 귀양 내려오니 월궁에 놀던 선녀 벗 하나를 잃었구나. 무릉촌에 내가 있고, 도화동에 네가 나서 무릉촌에 봄이 드니 도화동에 개화로다. 천지의 정기를 받고 태어나니 비범한 너로구나. 심청아, 말 들어라. 승상은 세상을 떠나시고 아들은 삼형제나 황성 가서 벼슬하고 다른 자식 손자 없고 슬하에 말벗 없어 자나 깨나, 깨나 자나 적적한 빈방 안에 대하는 것은 촛불이라. 길고 긴 겨울밤에 보는 것이 고서로다. 네 신세 생각하니 양반의 후예로서 저렇게 곤궁하니 나의 수양딸이 되면 길쌈도 숭상하고 문자도 학습하여 내 자식같이 성취시켜 만년 재미 보았으면 하니, 너의 뜻이 어떠하냐?"

심청이 여쭈오되,

"운명이 기구하여 저 낳은 지 칠일 만에 모친 세상 버리시고, 앞 못 보는 늙은 부친 나를 안고 다니면서 동냥젖 얻어 먹여 근근이 길러 내어 이만큼 되었는데, 모친의 태도나 모습 몰라 철천지한(徹天之恨)이 되어 그칠 날이 없으므로 내 부모를 생각하여 남의 부모 봉양하더니, 오늘날 승상 부인 존귀하신 처지로서 제 미천함을 불구하시고 딸 삼으려 하시니 어미를 다시 뵌 듯 반갑고도 황송하니, 부인을 모시면 내 팔자는 높고 귀해지나 앞 못 보는 우리 부친 사철 의복, 조석공양 뉘라서 하오리까? 길러 내신 부모 은덕 사람마다 있거니와 저는 더욱 부모 은혜 비할 데 없사오니 슬하를 일시라도 떠날 수가 없나이다."

목이 메어 말 못하고 눈물이 흘러내려 예쁜 얼굴에 젖는 형용, 춘풍 가랑비에 복사꽃 가지 이슬에 잠기었다 점점이 떨어진 듯, 부인이 듣고 보기에 불쌍하여,

"네 말이 과연 하늘이 낸 효녀로다. 늙어 정신이 흐린 이 늙은이 미처 생각 못하였다."

그렁저렁 날 저물 때 심청이 일어서며 부인께 여쭈오되,

"부인의 덕택으로 종일토록 놀다 가니 영광이 비할 데 없으나 날이 저무니 제 집으로 가겠나이다."

부인이 몹시 애틋해서 비단과 패물이며 양식을 후히 주어 여종과 함께 보낼 적에,

"심청아, 말 들어라. 너는 나를 잊지 말고 모녀간 의를 두어라."

심청이 여쭈오되,

"부인의 어진 처분 누누이 말씀하시오니 가르침을 받겠나이다."

하직하고 돌아왔다.

## 제4장 공양미 삼백 석에 눈을 뜬다면


 그때 심 봉사는 무릉촌에 딸 보내고 말벗 없이 혼자 앉아 딸 오기만 기다릴 제, 배는 고파 등에 붙고 방은 추워 냉랭하고 잘새는 날아들고 먼 데 절 쇠북 치니 날 저문 줄 짐작하고 혼잣말로 자탄하여,

 "우리 딸 심청이는 응당 쉬이 오련마는 무슨 일에 골몰하여 날 저무는 줄 모르는고? 부인이 잡고 아니 놓나? 눈바람이 쌀쌀하니 몸이 추워 못 오는가? 우리 딸 장한 효성 눈바람도 피하지 않고 오련마는."

 새만 푸르르 날아가도,

 "심청아, 너 오느냐?"

 낙엽만 버석거려도,

 '심청아, 너 오느냐?'

 아무리 기다려도 적막한 빈산에 날 저물고 갈 길 막혀 인적이 전혀 없어, 심 봉사 갑갑하여 지팡이 막대 걷어 짚고 딸 오는 데 마중 간다. 더듬더듬 주춤주춤 사립문 밖에 나가다가 빙판에 발이 삐끗, 한 길 되는 개천 물에 풍덩 뚝 떨어져 면상에 진흙이요 의복이 다 젖는다. 두 눈을 번쩍이며 나오려 하면 더 빠지고 사방 물이 출렁거려 물소리

요란하니 심 봉사 겁을 내어,

"아무도 없소? 사람 살리시오!"

허리 위로 물이 도니,

"아이고! 나 죽는다!"

차차 물이 올라와 목에 가지런하니,

"허푸허푸, 아이고 사람 죽소!"

아무리 소리한들, 오가는 행인들이 그쳤으니 뉘라서 건져 주랴. 그때 몽운사 화주승123)이 절을 중창124)하리라 하고 권선문125) 둘러메고 시주 집에 내려왔다가 절을 찾아 올라갈 때, 충충 나간다. 충충 나간다. 저 중 거동 보소. 얼굴은 형산백옥126) 같고 눈은 소상강(瀟湘江) 물결이라. 양쪽 귀가 축 처지고 손이 무릎 아래까지 내려오는데 실로 된 굴갓,127) 총감투128) 뒤를 눌러 흠뻑 쓰고, 당상금관

---

123) 화주승(化主僧) : 인가(人家)를 다니면서 염불이나 설법을 하고 시주하는 물건을 얻어 절의 양식을 대는 승려.

124) 중창(重創) : 낡은 건물을 헐거나 고쳐서 새롭게 지음.

125) 권선문(勸善文) : 착한 일을 권하는 글로 불가에서 시주하는 사람들의 명단과 금액을 적은 장부.

126) 형산백옥(荊山白玉) : 중국 징산(荊山)산에서 나는 백옥으로, 얼굴이 희고 깨끗하다는 의미.

127) 굴갓 : 조선 시대 무학(無學) · 유정(惟政) 등의 중들이 공복(公服)

자[129] 귀 위에다 딱 붙여 흰 베, 큰 장삼, 다홍 띠 둘러 띠고, 구리 백통 은장도 고름에 느슨하게 차, 긴 염주 목에 걸고 짧은 염주 팔에 걸고, 소상반죽(瀟湘斑竹) 열두 마디 쇠고리 길게 달아 철철 둘러 짚고 흐늘거려 올라간다. 이 중이 어떤 중인고? 육관대사 명을 받아 용궁 문안 갔다가 약주 취하게 먹고 봄바람 부는 석교 위에서 팔선녀 희롱하던 성진이도 아니요,[130] "머리를 깍은 것은 속세를 피함이요, 수염을 남긴 것은 대장부임을 드러냄이라"[131]는 사명

---

에 착용한 방립(方笠)의 한 가지. 검은 대로 만들고 마루가 둥글고 차양이 넓은 형태다.

128) 총감투 : 말총으로 피륙처럼 짜서 조각을 지어 만든 감투.

129) 당상금관자(堂上金貫子) : 정3품 당상관 이상의 벼슬아치가 망건에 달아 차고 다녔던 금으로 만든 고리. 그 금관자나 옥관자를 '당상'이라 부르기도 했다. 여기서 "떼어 놓은 당상"이라는 말이 유래했다.

130) 육관대사(六觀大師)… 아니요 : 김만중(金萬重)의 소설 《구운몽》의 첫 회 〈노존사가 남악에서 묘법을 강론하고, 소사미가 석교에서 선녀를 만나다〉에서 용궁에 다녀오던 주인공 성진이 석교에서 팔선녀(八仙女)를 만나는 장면을 말한다.

131) 머리를… 드러냄이라 : 원문은 "삭발도진세(削髮逃塵世)오, 존염표장부(存髥表丈夫)라"로 원래는 매월당(梅月堂) 김시습(金時習)이 지은 시로 알려져 《영남야언(嶺南野言)》, 《계곡만필(谿谷漫筆)》 등에 전한다.

당(四溟堂)도 아니요, 몽운사 화주승이 시주 집 내려왔다가 청산은 어두컴컴하고 설월(雪月)이 돋아올 때, 돌이 많은 좁은 길로 흔들흔들 흐늘거려 올라갈 제, 바람결에 슬픈 소리 사람을 청하거늘 이 중이 의심하여,

'이 울음이 웬 울음? 마외역 저문 날 양태진의 울음인가?[132] 호지설곡에서 아들 소통국을 이별하던 소중랑의 울음인가?[133] 이 소리가 웬 소리?'

그곳을 찾아가니 어떠한 사람이 개천 물에 떨어져 거의 죽게 되었거늘, 이 중이 깜짝 놀라 굴갓, 장삼 훨훨 벗어 되는 대로 내버리고 짚었던 구절죽장 되는 대로 내버려

---

132) 마외역(馬嵬驛)… 울음인가 : 당나라 양귀비(楊貴妃)는 여도사 시절 도명(道名)이 태진(太眞)이어서 양태진(楊太眞)으로 주로 불렸다. 안녹산의 난이 일어나 당 현종과 함께 피신하다가 장안 서쪽 마외역에서 호위 군사들이 반란의 원인이 된 양귀비를 처단해야 한다고 해 불당에 목을 매어 자결했다.

133) 호지설곡(胡地雪谷)에서… 울음인가 : 한 무제(漢武帝)는 소무(蘇武)를 중랑장(中郎將)의 직책에 임명하고 황제의 부절을 주어 흉노에 사신으로 파견했지만 귀순을 거부한 탓에 바이칼호 부근에 역류되어 19년 동안 양을 치며 살았다. 뒤에 소제(昭帝)가 즉위하자, 흉노와 한나라가 다시 화친하면서 흉노에 포로로 붙잡혀 있는 소무 일행이 돌아왔는데 흉노 땅에서 낳은 아들 소통국(蘇通國)과는 어쩔 수 없이 이별하게 되었다. 뒤에 황제가 소통국이 돌아오는 것을 허락했다.

행전, 대님, 버선 벗고 고두누비 바짓가랑이 정강이에 딱 붙여 백로가 물고기 낚는 격으로 징검징검 들어가 심 봉사 가는 허리를 후려 담쑥 안아,

"에-뚜름 이야차!"

물가 밖에 앉힌 후에 자세히 보니 전에 보던 심 봉사라.

"허허, 이게 웬일이오?"

심 봉사 정신 차려,

"날 살린 이, 거 누구시오?"

"소승은 몽운사 화주승이올시다."

"그렇지, 사람 살리는 부처님이로고. 죽을 사람 살려 주니 은혜 백골난망이오."

그 중이 손을 잡고 심 봉사를 인도하여 방 안에 앉힌 후에 젖은 의복 벗겨 놓고 마른 의복 입힌 후에 물에 빠진 내력을 물은즉, 심 봉사가 신세 자탄하여 전후의 사정을 말하니 저 중이 말하기를,

"우리 절 부처님이 영험이 많으셔서 빌어 아니 되는 일 없고 구하면 응하시니, 부처님 전 공양미 삼백 석을 시주로 올리고 지성으로 비르시면, 생전에 눈을 떠서 천지만물 좋은 구경 완전히 나으리다."

심 봉사 그 말 듣고 처지는 생각지 않고 눈 뜬다는 말 반가워서,

"여보시오, 대사. 공양미 삼백 석을 권선문에 적어 가소."

저 중이 허허 웃고,

"적기는 쉽사오나, 댁 가세를 둘러보니 삼백 석을 주선할 길이 없을 듯하오이다."

심 봉사 화를 내어,

"여보시오! 대사가 사람을 몰라보네. 어느 실없는 사람이 영험하신 부처님께 빈말을 할 터인가? 눈도 못 뜨고 앉은뱅이마저 되게 사람을 너무 재미없이 여기는고? 당장 적어! 칼부림 날 터이니."

화주승이 허허 웃고 권선문에 올리기를, 제일 앞자리의 붉은 종이에다 '심학규 백미 삼백 석'이라고 대서특필하더니 하직하고 간 연후에, 심 봉사 중을 보내고 화가 꺼진 뒤 생각하니 도리어 후환이라. 혼잣말로 자탄하여,

"내가 공을 드리려다가 만약에 죄가 되면 이를 장차 어찌하잔 말인가?"

묵은 근심, 새 근심이 동무 지어 일어나니 신세 자탄하여 통곡하는 말이,

"천지가 지극히 공평하여 별로 후박(厚薄)이 없겠지만, 이내 팔자 어이하여 형제 없고 눈이 멀어 해와 달같이 밝은 것을 분별할 수가 전혀 없고, 아내와 자식 같은 가까운

사이도 못 보는가? 죽은 우리 아내가 살았으면 조석 근심 없을 텐데 다 커 가는 딸자식을 여기저기 동리에 품을 팔아 근근 호구하는 중에 삼백 석이 어디 있어 호기 있게 적어 놓고 백 가지로 헤아려도 방책이 없이 되니 이 일을 어찌하잔 말인가? 독그릇 다 팔아도 한 되 곡식 살 것 없고, 장롱 함을 경매한들 단돈 닷 냥 싸지 않고, 집이나 팔자 한들 비바람도 못 가리니 나라도 안 살 터. 내 몸이나 팔자 한들 눈 못 보는 이 잡것을 어느 누가 사 가리오? 어떤 사람 팔자 좋아 이목구비 완연하고 수족이 구비하여 곡식이 풍성, 재물이 넉넉, '마음껏 써도 마르지 않고, 가져도 금하지 않는'[134] 그럴 일이 없겠지만 나는 혼자 무슨 죄로 이 몰골이 되었는고? 애고 애고, 서러운지고."

한참 이리 서럽게 울 때, 심청이 거동 보소. 속속히 돌아와서 닫은 방문 펄쩍 열고,

"아버지!"

부르더니 제 부친 모양 보고 깜짝 놀라 달려들어,

"애고, 이게 웬일이오? 나 오는가 마중하고자 문밖에 나오시다 이런 욕을 보셨나이까? 벗으신 의복을 보니 물

---

134) 마음껏… 않는 : 원문은 "용지불갈(用之不渴) 취지무금(取之無禁)"으로 소동파(蘇東坡)의 〈전적벽부(前赤壁賦)〉의 한 구절을 차용했다.

에 흠씬 젖었을 제는 물에 빠져 욕보셨소. 애고 아버지, 춥긴들 오죽하며 분함인들 오죽할까? 승상 댁 노부인이 굳이 잡고 만류하여 어언간 더디었소."

 승상 댁 시비에게 방에 불을 때 달라고 하고 치마폭을 걷어쥐고 눈물을 씻으면서 어느새 밥을 지어 부친 앞에 상 올리고,

 "아버지, 진지 잡수시오."

 심 봉사 어떤 곡절인지,

 (봉) "나, 밥 아니 먹으련다."

 (심) "어디 아파 그러시오? 소녀가 더디어 괘씸하여 그러시오?"

 (봉) "아니다."

 (심) "무슨 근심 계십니까?"

 (봉) "너 알 일 아니다."

 심청이 여쭈오되,

 (심) "아버지, 그 무슨 말씀이오? 소녀는 아버지만 바라고 살고 아버지께서는 소녀를 믿어 대소사를 의논하더니, 오늘날에 무슨 일로 너 알 일 아니라니, 소녀 비록 불효인들 말씀을 숨기시니 마음이 서럽습니다."

 훌쩍훌쩍 울음을 우니 심 봉사 깜짝 놀라,

 "아가 아가, 울지 마라. 너 속일 일 없지마는 네가 만일

알고 보면 지극한 네 효성에 걱정이 되겠기에 진즉 말을 못하였다. 아까 내가 너 오는가 문밖에 나갔다가 개천 물에 떨어져서 거의 죽게 되었는데, 몽운사 화주승이 나를 건져 살려 놓고 내 사정 물어보기에 내 신세 생각하고 전후 말을 다 했더니 그 중이 듣고 말을 하되, 몽운사 부처님이 영험하기 짝이 없으니 공양미 삼백 석을 불전에 시주하면 생전에 눈을 떠서 성한 사람이 된다기에 집안 형편은 생각지 않고 홧김에 적었더니 도리어 후회로다."

심청이 그 말 듣고 반겨 웃고 대답하되,

(심) "후회를 하시면 정성이 못 되오니 아버지 어두우신 눈 정녕 밝아 볼 양이면 삼백 석을 아무쪼록 준비하여 보리다."

(봉) "네 아무리 하자 한들 안빈낙도[135] 우리 형편에 단백 석은 할 수 있나?"

(심) "아버지, 그 말 마오. 옛일을 생각하니, 왕상은 얼음을 두드려 얼음 구멍에서 잉어 얻고,[136] 맹종(孟宗)은

---

135) 안빈낙도(安貧樂道) : 가난한 생활 중에도 편안한 마음으로 도(道)를 즐기는 것. 공자가 제자들에게 강조했던 정신 중의 하나로 제자 중 특히 안회(顏回)는 안빈낙도를 실천했던 인물로 알려져 있다. 여기서는 가난함을 강조하기 위해 활용했다.

대밭에서 울어 눈 가운데 죽순 나니137) 그런 일을 생각하면 하늘이 낸 효도나 부모를 사랑하는 마음 옛사람만 못하여도 지성이면 감천이라. 아무 걱정 마옵소서."

여러 가지로 위로하고 심청이 그날부터 부친을 위하여 하느님 전에 축수한다. 후원을 깨끗이 쓸고 황토로 단(壇)을 모으고 좌우에 금줄 매고 정화수 한 동이를 소반 위에 받쳐 놓고 한밤중에 북두칠성 분향재배한 연후에 두 무릎 단정히 꿇고 두 손 합장하고 비는 말이,

"하늘 위의 해와 달과 별이며 이 세상의 토지신과 산신과 성황신과 동서남북 사방의 신, 여러 하늘의 부처님, 석가여래, 팔대금강, 세 보살 마음에 응하여 느껴 주옵소서! 하느님이 해와 달 두기 사람의 안목(眼目)이라. 해와 달이 없사오면 무슨 분별하오리까? 소녀 아비 무자생(戊子生) 이십 후 눈이 멀어 물건을 못 보오니, 소녀 아비 허물일랑 이 몸으로 대신하고 아비 눈을 밝게 하여 천생연분 짝을

---

136) 왕상(王祥)은… 얻고 : 중국 진(晉)나라 효자 왕상이 겨울에 생선을 먹고 싶어 하는 계모를 위해 얼음을 깨니 잉어 두 마리가 얼음 위로 뛰어올랐다는 고사. '왕상고빙(王祥叩氷)' 혹은 '왕상부빙(王祥剖氷)'이라 한다.
137) 맹종은… 나니 : 맹종읍죽(孟宗泣竹) 고사로 각주 116) 참조.

만나 오복을 갖추어 주어 오래 살고 부유하며 아들 많게 점지하여 주옵소서!"

주야로 빌었더니 도화동 심 소저는 하늘이 아는지라, 흠향138)을 하시고 앞일을 인도하신지라.

---

138) 흠향(歆饗) : 신명(神明)이 재물을 받아서 먹음.

## 제5장 삼백 석에 몸을 팔아

하루는 유모 귀덕어미가 오더니,

(귀) "아가씨, 이상한 일 보았나이다."

(심) "무슨 일이 이상하오?"

(귀) "어떠한 사람인지 이십여 명이 다니면서 값은 고하(高下) 간에 십오 세 된 처녀를 사겠다고 다니니, 그런 미친놈들이 있소?"

하늘이 낸 효녀인 심 소저 속마음에 반겨 듣고,

"여보, 그 말 진정이오? 정말 그리될 양이면 그 다니는 사람 중에 노숙하고 점잖은 사람을 불러오되, 말이 밖에 나지 않게 조용히 다녀오오."

귀덕어미 대답하고 과연 다녀왔는지라. 처음은 유모 시켜 사람 사려는 내력을 물은즉, 그 사람이 대답하되,

"우리는 본래 황성(皇城) 사람으로서 장사차로 배를 타고 만 리 밖에 다니더니, 배 갈 길에 임당수라 하는 물이 있어 변화불측하여 자칫하면 몰사를 당하는데, 십오 세 처녀를 제물로 놓고 제사를 지내면 수로만리를 무사히 왕래하고 장사도 흥왕(興旺)하옵기로, 사는 게 원수로 사람 사러 다니니 몸 팔 처녀 있으면 값을 아끼지 않고 주겠나이다."

심청이 그제야 나서며 이르는 말이,

"나는 이 마을 사람으로 우리 부친 눈이 멀어 세상을 분별 못하기에 평생에 한이 되어 하느님께 빌던 중 몽운사 화주승이 공양미 삼백 석을 불전에 시주하면 눈을 떠서 보리라 하되, 가세가 가난하여 주선할 길 없삽기로 내 몸을 팔아 소원 빌기 바라오니 나를 사는 게 어떠하오? 내 나이 십오 세라, 그 아니 적당하오?"

선인이 그 말 듣고 심 소저를 쳐다보더니, 마음이 갑갑하여 다시 볼 정신이 없어 고개를 숙이고 묵묵히 서 있다가,

"낭자 말씀 들자오니 거룩하고 장한 효성 비할 데 없습니다."

이렇게 치하한 후에 제 일이 긴한지라,

"그리하오."

허락하니, 심 소저 다시 물어,

(심) "행선(行船) 날이 언제입니까?"

(선) "내월 십오 일이 행선하는 날이니 그리 아소서."

피차에 서로 약속하고 그날에 선인들이 공양미 삼백 석을 몽운사로 보냈구나. 심 소저는 귀덕어미를 백 번이나 단속하여 말 못 나게 한 연후에 집으로 들어와 부친 전에 여쭈오되,

(심) "아버지."

(봉) "왜 그러느냐?"

(심) "공양미 삼백 석을 몽운사로 올렸나이다."

심 봉사 깜짝 놀라서,

"그게 어찌 된 말이냐? 삼백 석이 어디 있어 몽운사로 보냈느냐?"

심청이가 비할 데 없는 효성으로 거짓말을 하여 부친을 속일까마는 형편상 어찌할 도리가 없어, 잠깐 속여 여쭙겠다.

"일전에 무릉촌 장 승상 댁 부인께서 소녀보고 말하기를 수양딸 노릇 하라 하되 아버지가 계시기로 허락 아니하였는데, 어쩔 도리가 없어 이 말씀 사뢰었더니 부인이 반겨 듣고 쌀 삼백 석 주시기로 몽운사로 보내고 수양딸로 팔렸나이다."

심 봉사 물색139) 모르고 크게 웃으며 즐거워하여,

(봉) "어허, 그 일 잘되었다. 일국 재상 부인이오, 후덕한 복이 많겠다. 암만해도 다르니라. 참 그 일 잘되었다. 언제 데려 간다더냐?"

(심) "내월 십오 일 날 데려간다고 합디다."

---

139) 물색(物色) : 어떤 일의 까닭이나 형편.

(봉) "너 거기 가 살더라도 나 살기는 괜찮지. 어, 참으로 잘되었다."

 여러 가지로 위로하니 심청이 그날부터 일을 곰곰이 생각하니, 사람이 세상에 생겨나서 아무 한 일 없이 열여섯에 죽을 일과 앞 못 보는 자기 부친 영결하고 죽을 일이 정신이 아득하여 일에도 뜻이 없어 식음을 전폐하고 시름없이 지내다가 다시 생각해 보니,

 '얼크러진 그물이 되고 쏘아 놓은 살이로다. 내 이 몸이 죽어 놓으면 춘하추동 사시절에 부친 의복 뉘 다할까? 아직 살아 계실 때 아버지 사철 의복 마지막으로 지어드리리라.'

 춘추 의복 상침140) 겹옷, 하절 의복 적삼, 고의, 겨울 의복 솜을 두어 보에 싸서 농에 넣고, 갓 망건도 새로 사서 말뚝에다 걸어 놓고, 행선 날을 기다릴 제 하룻밤이 힘든지라. 밤은 적적 삼경인데 은하수는 기울어져 촛불이 희미할 때, 두 무릎 쪼그리고 아무리 생각한들 심신을 안정키 어렵구나. 부친이 신던 버선볼이나 마지막으로 기우리라. 바늘에 실을 꿰어 손에 드니 하염없는 눈물이 간장에서 솟아올라 매우 슬퍼 목이 메어, 부친 귀에 들리지 않게 속으

---

140) 상침(上針) : 박아서 지은 겹옷의 가장자리를 실밥이 겉으로 드러나도록 꿰매는 일.

로 느껴 울며 부친의 낯에다가 얼굴도 가만히 대어보고 손발도 만지면서,

"오늘 밤 모시면 다시는 못 볼 테지. 내가 한번 죽게 되면 손발이 잘린 우리 부친 누굴 믿고 사실까? 애달프다, 우리 부친. 내가 철을 안 연후에 밥 빌기를 놓으셨는데, 이제 내 몸 죽게 되면 춘하추동 사시절을 동리 걸인 되겠구나. 눈총인들 오죽 주며, 괄시인들 오죽 할까? 부친 곁을 내가 모셔 백세까지 봉양타가 이별을 당하여도 망극한 이 설움을 측량할 수 없을 텐데 하물며 생이별이 고금천지에 어디 있을까? 우리 부친 곤한 신세 홀몸으로 살자 한들 조석공양 누가 하며, 고생하다 죽으면 또 어느 자식 있어 머리 풀고 애통해하며 초종장례(初終葬禮) 소대상(小大祥)이며 해마다 오는 기제사(忌祭祀)에 밥 한 그릇 물 한 그릇 뉘라서 차려 놓을까? 몹쓸 년의 팔자로다. 칠일 만에 모친 잃고 부친마저 이별하니 이런 일도 또 있는가? 하양(河陽)에 지는 해에 멀리 헤어짐을 슬퍼하는 소통국(蘇通國)의 모자이별,[141] 산수유 가지 꽂고 놀 때 한 사람이 빠진 것은 용

---

141) 하양(河陽)에… 이별 : 한 무제(漢武帝) 때 소무(蘇武)가 흉노족의 사신으로 갔다가 19년간 억류되어 돌아오지 못했는데, 그곳에서 낳은 아들이 소통국이다. 뒤에 흉노와의 관계가 좋아져 소무도 한나라로 돌

산(龍山)의 형제 이별,142) 전쟁터로 임 가신 관산(關山) 길이 몇 겹이나 되는가?143) 오희월녀144) 부부 이별, 서쪽 양관(陽關)으로 나가면 오랜 벗이 없음은145) 위성146)의 붕우 이별, 그런 이별 많아도 피차 살아 당한 이별은 소식 들을 날이 있고 만나 볼 때 있으나, 우리 부녀 이 이별은 내

---

아오고 나중에는 황제가 아들이 한나라로 오는 것도 허락했다. 그러나 흉노족인 어머니는 돌아올 수 없어 모자가 서로 이별했다 한다.

142) 산수유… 이별 : 원문은 "편삽수유소일인(遍挿茱萸少一人)"으로 당나라 시인 왕유(王維)의 시 〈중양절에 고향의 형제들을 그리워하다(九月九日憶山東兄弟)〉에서 차용했다. 중양절엔 산에 올라가 산수유 가지를 꽂고 노는 풍속이 있는데 맏아들인 왕유 자신이 빠진 것을 안타까워하는 내용이다.

143) 전쟁터로… 되는가 : 원문은 "정객관산로기중(征客關山路幾重)"으로 당나라 왕발(王勃)의 시 〈채련곡(採蓮曲)〉에서 차용했다.

144) 오희월녀(吳姬越女) : 오(吳)나라와 월(越)나라 미녀. 왕발의 〈채련곡〉에서 "오나라 여자와 월나라 미녀들은 얼마나 아름다운지(吳姬越女何豊茸)"라는 구절을 차용했다.

145) 서쪽… 없음은 : 원문은 "서출양관무고인(西出陽關無故人)"으로 당나라 시인 왕유(王維)의 〈원이를 안서의 사신으로 보내며(送元二使安西)〉에서 차용했다.

146) 위성(渭城) : 왕유의 〈원이를 안서의 사신으로 보내며〉의 첫 구에 "위성의 아침 비가 가벼운 먼지를 적시니(渭城朝雨浥輕塵)"에 등장하는 지역으로 장안(長安)의 서북쪽에 있다.

가 영영 죽어서 가면 어느 때 소식 알며 어느 날에 만나 볼까? 돌아가신 우리 모친 황천으로 들어가고 나는 이제 죽게 되면 수궁으로 갈 터이니, 수궁에 들어가서 모녀 상봉 하자 한들 황천과 수궁 길이 수륙이 멀리 떨어져 만나 볼 수 전혀 없네. 수궁에서 황천 가기 몇 천 리나 멀다는데 황천길을 묻고 물어 불원천리 찾아간들 모친이 나를 어이 알며 나는 모친 어이 알리? 만일 알고 보는 날 부친 소식 물으시면 무슨 말로 대답할꼬? 오늘 밤 오경 시를 함지147)에 머물게 하고, 내일 아침 돋는 해를 부상148)에 매었으면 하늘 같은 우리 부친 더 모셔 보련마는 밤 가고 해 돋는 일 게 뉘라서 막을쏜가?"

천지가 사정없어 이윽고 닭이 우니, 심청이 기가 막혀, "닭아, 닭아, 우지마라. 한밤중 진관에 맹상군149)이 아

---

147) 함지(咸池) : 해가 지는 서쪽 끝에 있다는 전설 속의 큰 연못.

148) 부상(扶桑) : 동쪽 바다의 해가 뜨는 곳에 있다는 신성한 나무.

149) 진관(秦關)에 맹상군(孟嘗君) : 진관은 진나라 관문인 함곡관(函谷關)을 가리킨다. 맹상군 전문(田文)은 제(齊)나라 공자로 식객 3천명을 거느려 위(魏)의 신릉군, 조(趙)의 평원군, 초(楚)의 춘신군과 함께 전국 시대 말기 4군 가운데 한 사람으로 꼽힌다. 진(秦) 소양왕의 초빙으로 재상이 되었으나 곧 의심을 사 죽음을 당할 위기에 처했는데 그의 식객 중에 개 짖는 소리를 잘 내는[狗盜] 사람이 호백구(狐白裘)를 훔쳐

니 온다. 네가 울면 날이 새고, 날이 새면 나 죽는다. 나 죽기는 섧지 않으나 의지 없는 우리 부친 어찌 잊고 가잔 말인가?"

밤새도록 서럽게 울고 동방이 밝아 오니, 부친 진지 지으려고 문을 열고 나서 보니 벌써 선인들이 사립문 밖에 주저주저,

"오늘이 행선 날이오니 쉬이 가게 하옵소서."

심청이가 그 말 듣고 대번에 두 눈에서 눈물이 핑 돌아 목이 메어 사립문 밖에 나아가,

"여보시오, 선인네들! 오늘 행선하는 줄은 내 이미 알거니와 부친이 모르오니, 잠깐 지체하시면 불쌍하신 우리 부친 진지 마지막으로 지어 상을 올려 잡순 후에 말씀 여쭙고 떠나게 하오리다."

선인들이 불쌍히 여겨,

"그리하오."

허락하니, 심청이 들어와서 눈물 섞어 밥을 지어 부친 앞에 상 올리고 아무쪼록 진지 많이 잡숫도록 하느라고 상머리에 마주 앉아 자반도 똑똑 떼어 수저 위에 올려놓고

---

오고 닭 울음소리[鷄鳴]를 잘 흉내 내는 사람이 함곡관을 열게 해 위기를 모면했다는 고사 '계명구도(鷄鳴狗盜)'가 있다.

쌈도 싸서 입에 넣어 주며,

(심) "아버지, 진지 많이 잡수시오."

(봉) "오냐, 많이 먹으마. 오늘은 특별히 반찬이 매우 좋구나. 뉘 집 제사 지냈느냐?"

심청이 기가 막혀 속으로만 흐느껴 울며 훌쩍훌쩍 소리 내니, 심 봉사 물색없이 귀 밝은 체 말을 하며,

"아가, 너 몸이 아프냐? 감기 들었나 보구나. 오늘이 며칠이냐? 오늘이 열닷새지?"

부녀 천륜이 중하니 몽조150)가 어찌 없을쏘냐? 심 봉사가 간밤 꿈 이야기를 하던 것이었다.

"간밤에 꿈을 꾸니 네가 큰 수레를 타고 한없이 가보이니, 수레라 하는 것은 귀한 사람 타는 것이라. 아마도 오늘 무릉촌 승상 댁에서 가마 태워 가려나 보다."

심청이 들어 보니 자기 죽을 꿈이로다. 아무쪼록 안심토록,

"그 꿈이 장히 좋소이다."

진짓상 물려 내고 담배 피워 올린 후에, 사당에 하직차로 세수를 깨끗이 하고 눈물 흔적 없앤 후에 말끔한 의복

---

150) 몽조(夢兆) : 꿈에 나타난 길흉의 징조.

갈아입고 후원에 들어가서 사당문 가만히 열고 주과를 차려 놓고 통곡재배 하직할 제,

"불효여식 심청이는 부친 눈 뜨게 하려고 남경 장사 선인들께 삼백 석에 몸을 팔아 임당수로 돌아가니 소녀가 죽더라도 부친이 눈을 띄워 착한 부인 짝을 만나 아들 낳고 딸을 낳아 조상 제사 전케 하오."

문 닫으며 우는 말이,

"소녀가 죽으면 이 문을 누가 여닫으며 동지, 한식, 단오, 추석 사명절이 돌아온들 주과포혜(酒果脯醯)를 누가 다시 올리오며 분향재배 누가 할꼬? 조상의 복이 없어 이 지경이 되었는지? 불쌍한 우리 부친 가까운 친척이 하나 없고 앞 못 보고 형세 없어 믿을 곳이 없이 되니 어찌 잊고 돌아갈까?"

우르르 나오더니 자기 부친 앉은 앞에 떴다 철썩 주저앉아,

"아버지!"

부르더니 말 못하고 기절한다. 심 봉사 깜짝 놀라,

"아가, 웬일이냐? 봉사의 딸이라고 누가 흉을 보더냐? 이것이 회가 동하였구나.151) 말하여라!"

심청이 정신 차려,

(심) "아버지!"

(봉) "오냐."

(심) "내가 불효여식으로 아버지를 속였소. 공양미 삼백 석을 누가 나를 주오리까? 남경 장사 선인들께 삼백 석에 몸이 팔려 임당수 제물로 가기로 하여 오늘 행선 날이 오니 나를 마지막으로 보오!"

심 봉사 하 기가 막혀 놓으니 울음도 아니 나오고 실성을 하는데,

"애고, 이게 웬 말이냐? 응, 참말이냐, 농담이냐? 말 같지 아니하다. 나더러 묻지도 않고 네 마음대로 한단 말이냐? 네가 살고 내 눈 뜨면 그는 응당 좋으려니와 네가 죽고 내 눈 뜨면 그게 무슨 말이 되냐? 너의 모친 너를 낳고 칠일 만에 죽은 후에 눈조차 어두운 놈이 품 안에 너를 안고 이 집 저 집 다니면서 동냥젖 얻어 먹여 이만치나 자랐기에 한시름을 잊었더니, 네 이게 웬 말이냐? 눈을 팔아 너를 사지, 너를 팔아 눈을 산들 그 눈 해서 무엇 하랴? 어떤 놈의 팔자로서 아내 죽고 자식 잃고 사궁지수152)가 된단 말

---

151) 회(蛔)가 동(動)하였구나 : 원래는 뱃속에 있는 회충이 먼저 알고 요동을 칠 정도로 입맛이 당긴다는 뜻이지만 어떤 일에 구미가 당기거나 욕심이 생긴다는 뜻으로도 쓰인다.

152) 사궁지수(四窮之首) : 네 가지 딱한 처지의 사람들 중에 가장 첫

인가?

　네 이 선인 놈들아! 장사도 좋거니와 사람 사다 제물 쓰는 데 어디서 보았느냐? 하느님의 어지심과 귀신의 밝은 마음 앙화(殃禍)가 없을쏘냐? 눈먼 놈의 무남독녀 철모르는 어린 것을 나 모르게 유인하여 샀단 말이 웬 말이냐? 쌀도 싫고 눈 뜨기 내사 싫다. 네 이 독한 상놈들아! 옛일을 모르느냐? 칠 년 대한(大旱) 가물 적에 사람 잡아 빌려 하니 탕(湯) 임금 어진 마음 '내가 지금 비는 바는 백성을 위함이라. 사람 죽여 빌 양이면 내 몸으로 대신하리라.' 몸으로 희생(犧牲) 되어 손톱 깎고 머리 자르고 몸에 흰 띠풀로 만든 옷을 입고 상림(桑林) 들에서 비시니, 큰비가 사방 수천 리에 내린 일도 있느니라. 차라리 내 몸으로 대신 가면 어떠하냐? 너 이놈들, 날 죽여라! 평생에 맺힌 마음 죽기가 원이로다. 애고, 나 죽는다. 지금 내가 죽어 놓으면 네놈들이 무사할까? 무지한 강도 놈들아! 생사람 죽이면 《대전통편(大典通編)》법이 있느니라."

　홀로 장담하며 이를 갈며 죽기로 시작하니, 심청이 부친을 붙들고,

---

번째 경우. 사궁은 곧 아내를 잃은 홀아비[鰥], 남편을 잃은 과부[寡], 부모를 잃은 고아[孤], 자식 없는 늙은이[獨]를 말한다.

"아버지, 이 일이 남의 탓이 아니오니 상소리나 그릇된 말 마옵소서."

부녀 서로 붙들고 뒹굴며 통곡하니 도화동 남녀노소 뉘 아니 슬퍼하리? 선인들도 모두 울며,

"여보시오, 영좌영감,153) 출천대효 심 소저는 의론도 말려니와 심 봉사 저 양반이 참으로 불쌍하니 우리 선인 삼십여 명이 십시일반으로 저 양반 평생 굶지 않고 벗지 않게 주선해 주세."

그 말이 옳다 하고 돈 삼백 냥, 백미 백 석, 무명, 마포 각 한 바리154) 동네로 들여놓으며,

"삼백 냥은 논을 사서 착실한 사람 주어 세를 받고, 백미 중 열다섯 섬은 올해 양식하게 하고, 나머지 팔십여 석 해마다 흩어 놓아 이자 쳐서 받으면 양식이 풍족하니 그렇게 하옵시고, 무명, 마포 등은 사철 의복 짓게 하소서."

동네에서 의논하여 그리하라 하고, 그 연유로 공문 내어 심 봉사가 오랫동안 편안히 지내도록 구별을 하였구나.

---

153) 영좌영감(領座令監) : 부락이나 단체의 우두머리가 되는 사람. 여기서는 뱃사람 중에 으뜸인 선장을 이른다.

154) 바리 : 말이나 소의 등에 잔뜩 실은 짐을 세는 단위.

그때 무릉촌 장 승상 부인께서 심청이 몸이 팔려 임당수로 간단 말을 그제야 들으시고 시비를 급히 불러,

"들으니 심청이가 죽으러 간다고 하니, 생전에 건너와서 나를 보고 가라 하고 급히 데리고 건너오라."

시비 분부 듣고 심청에게 와서 그 연유로 말을 하니, 심청이 시비와 함께 무릉촌 건너가니 승상 부인 밖에 나와, 심청의 손을 잡고 눈물지으며 하는 말이,

"너 이 무상한[155] 사람아, 내가 너를 안 이후에 자식으로 여겼는데, 너는 나를 잊었느냐? 네 말을 들어 보니 부친 눈을 뜨게 하려고 선인에게 몸을 팔아 죽으러 간다고 하니 효성은 지극하나 네가 죽어서 될 일이냐? 그리 일이 될 양이면 나한테 건너와서 이 연유를 말했으면 이 지경이 없을 것을, 어찌 그리 무상하냐?"

끌고 들어가서 심청을 앉힌 후에,

"쌀 삼백 석 줄 것이니, 선인 불러 도로 주고 망령된 생각 먹지 마라!"

심청이 그 말 듣고 한참을 생각하다가 천연히 여쭈오되,

"당초 말씀 못한 일을 후회한들 어찌하며, 몸이 부모를

---

155) 무상(無狀)하다 : 행실을 함부로 해 예의가 없다.

위하여 정성을 다하자 하면 남의 명분 없는 재물을 어찌 바라겠습니까? 백미 삼백 석을 도로 내준다 한들 선인들도 갑자기 낭패니 그도 또한 어렵고, 사람이 남에게다 한 번 몸을 허락하여 값을 받고 팔렸다가 몇 달 지난 후에 차마 어찌 낯을 들고 뭐라고 약속을 저버리겠습니까? 늙으신 아버지를 두고 죽는 것이 효도를 하려다 도리어 불효하는 줄을 모르는 바 아니로되 천명이니 어찌 할 도리가 없소. 부인의 높은 은혜와 어질고 착한 말씀 죽어 황천 돌아가서 결초보은(結草報恩)하오리다."

승상 부인이 놀라 심청을 살펴보니 기색이 엄숙하여 다시 권치는 못하고 차마 놓기 애석하여 통곡하며 하는 말이,

"내가 너를 본 연후에 내 자식같이 정을 두어 일시일각 못 보아도 한이 되고 애틋한 이 생각 잊히지 못하더니, 눈앞에서 네 몸이 죽으러 가는 것을 차마 보고 살 수 없다. 네가 잠깐 지체하면 네 얼굴 네 태도를 화공 불러 그려 두고 내 생전에 볼 것이니 조금만 머물러라."

시비를 급히 불러 일등 화공 불러들여 승상 부인 분부하되,

"여봐라, 정신 들여 심 소저 얼굴, 체격, 상하 의복 입은 것과 수심 겨워 우는 형용 틀림없이 잘 그리면 상을 후하게 줄 것이니 정신 들여 잘 그려라."

족자를 내어놓으니 화공이 분부 듣고 족자에 물을 바르고 유탄[156]을 손에 들고 심 소저를 똑똑히 바라본 후 이리저리 그린 후에 오색 화필을 좌르르 펼쳐 각색 단청 벌여 놓고, 난초같이 푸른 머리 광채가 찬란하고, 백옥 같은 수심 얼굴 눈물 흔적 완연하고, 가는 허리 고운 수족 분명한 심 소저라. 훨훨 떨어 놓으니 심 소저가 둘이로구나. 부인이 일어나서 오른손으로 심청의 목을 안고, 왼손으로 화상(畫像)을 어루만지며 통곡하여 슬피 우니 심청이 울며 여쭈오되,

"정녕 부인께서 전생에 내 부모니 오늘날 물러가면 어느 날에 모시리까? 소녀의 슬픈 마음으로 글 한 수 지어 내어 부인 전에 올리니 걸어 두고 보시면 증거가 되겠습니다."

부인이 반갑게 여겨 붓과 벼루를 내어놓으니 화상 족자 위에 화제[157] 모양으로 붓을 들고 글을 쓸 때, 눈물이 피가 되어 점점이 떨어지니 송이송이 꽃이 되어 향내가 날 듯하다. 그 글에 하였으되,

---

156) 유탄(柳炭) : 버드나무를 태워서 만든 숯. 오늘날 콩테(conté)처럼 그림의 윤곽을 그리는 데 사용한다.
157) 화제(畫題) : 그림의 이름이나 제목 혹은 그림 위에 쓰는 시문.

몸을 팔아 떠날 적에 울며 이별, 장 부인

사람이 죽고 사는 게 한 꿈속이니, 정에 끌려 어찌 굳이 눈물을 흘리랴마는, 세간에서 가장 애끓는 것이 있으니, 풀 돋는 강남에 사람이 돌아오지 못하는 일이라.158)

부인이 놀라시며,
"네 글이 진실로 신선의 말투니 이번에 너 가는 길 네 마음이 아니라 천상에서 부름이로다."
즉시 한 끝 끊어 내어 얼른 써서 심청에게 주니, 그 글에 하였으되,

난데없는 비바람이 어둔 밤에 불어오니, 아름다운 꽃 날려서 뉘 집 문에 떨어지나? 인간의 귀양살이 하늘이 정하셔서, 죄 없는 아비와 딸의 정을 끊게 하는구나.159)

---

158) 사람이… 일이라 : 원문은 다음과 같다. "생기사귀일몽간(生寄死歸一夢間)하니, 권정하필루산산(眷情何必淚珊珊)가? 세간최유단장처(世間最有斷腸處)는 초록강남인미환(草綠江南人未還)이라."

159) 난데없는… 하는구나 : 원문은 다음과 같다. "무단풍우야래흔(無斷風雨夜來痕)은 취송명화락해문(吹送名花落海門)이라. 적고인간천필념(謫苦人間天必念)이어늘, 무고부녀단정은(無辜父女斷情恩)이라."

심 소저 그 글 받아 단단히 간직하고 눈물로 이별할 때, 무릉촌 남녀노소 뉘 아니 통곡하랴? 심청이 건너오니 심 봉사 달려들어 심청이 목을 안고 뒤놀며160) 통곡한다.

　"나하고 가자. 나랑 가! 혼자 가지 못하리라. 죽어도 같이 죽고, 살아도 같이 살자. 나 버리고 못 가리라. 고기밥이 되더라도 나와 너와 같이 되자!"

　심청이 울음 울며,

　"우리 부녀 천륜을 끊고 싶어 끊으며, 죽고 싶어 죽겠습니까마는 액회(厄會)가 운수에 있고 고생사가 한이 있어 사람의 자식 된 정을 생각하면 떠날 날이 없사오니 천명이니 어쩔 수 없소. 불효여식 심청이는 생각하지 마시고 아버지는 눈을 떠서 대명천지 다시 보고 착한 사람 구혼하여 아들 낳고 딸을 낳아 후사 전하게 하소서."

　심 봉사 펄쩍 뛰며,

　"애고 애고, 그런 말 마라! 처자가 있을 팔자 되면 이런 일이 있겠느냐? 나 버리고 못 가리라!"

　심청이 제 부친을 동리 사람들에게 붙들게 해 앉혀 놓고 울면서 하는 말이,

---

160) 뒤놀다 : 한곳에 붙어 있지 않고 이리저리 몹시 흔들리다.

"동네 남녀 어르신, 혈혈단신 우리 부친, 죽으러 가는 몸이 동네 분들만 믿사오니 깊이 생각하옵소서."

하직하고 돌아서니 동리 남녀노소 없이 발 구르며 통곡한다. 심청이 울음 울며 선인을 따라갈 제, 끌리는 치맛자락 거듬거듬 걷어안고 온갖 시름으로 뒤엉켜 흩은 머리 귀밑에 와 드리웠고 피같이 흐른 눈물 옷깃에 사무친다. 정신없이 나가면서 건넛집 바라보며,

"김 동지 댁 큰 아가, 너와 나와 동갑으로 담 맞댄 이웃에서 피차 크며 형제같이 정을 두어 백 년이 다 가도록 인간고락 사는 흥미 함께 보자 하였는데, 나 이렇게 떠나가니 그도 또한 한이로다. 천명이 그뿐으로 나는 이제 죽거니와 의지 없는 우리 부친 애통하여 상하실까 나 죽은 후라도 수궁 원혼 되겠으니, 네가 나를 생각커든 불쌍하신 우리 부친 극진 대우하여 다오. 앞집 작은 아가, 상침질 수놓기를 뉘와 함께 하려느냐? 작년 오월 단오 밤에 그네 타고 놀던 일을 네가 그저 생각하느냐? 금년 칠월 칠석 밤에 함께 걸교161) 하쟀더니 이제는 허사로다. 나는 이미 아버지를 위하여 영원히 이별하고 가거니와 네가 나를 생각커

---

161) 걸교(乞巧) : 칠석날 저녁에 부녀자들이 견우성과 직녀성에게 바느질과 길쌈을 잘하게 해 달라고 빌던 일.

든 불쌍한 우리 부친 나 부르고 애통커든 네가 와서 위로해라. 너와 나와 사귄 본정 네 부모가 내 부모요, 내 부모가 네 부모라. 우리 생전 있을 때는 별로 흠이 없었으나, 우리 부친 백세후에 저승에 들어오시어 부녀 상면하는 날에 네 정성을 내 알겠다."

　이렇게 하직할 때, 하느님이 아시던지 해는 어디 가고 검은 구름이 자욱하여 머금은 빗방울이 눈물같이 떨어지고, 휘늘어져 곱던 꽃이 이울어져 빛이 없고, 청산에 섰는 초목 수색(愁色)을 띠고 있고, 녹수에 드린 버들 내 근심을 돕는 듯, 우는 저 꾀꼬리 너는 무슨 회포이런가? 너의 속 깊은 한을 내가 알지 못하여도 통곡하는 내 심사를 네가 혹시 짐작할까? 뜻밖에 저 두견이 귀촉도(歸蜀道), 불여귀(不如歸)라. 달밤에 빈산 어디다 두고 '정을 다해 울며 보내는 애끓는 소리'를 어이 살자 사뢰느냐? 네 아무리 가지 위에 불여귀라 울건마는 값을 받고 팔린 몸이 다시 어찌 돌아오리? 바람에 날린 꽃이 낯에 와 부딪히니 꽃을 들고 바라보며,

　"만약 봄바람이 내 마음 몰랐다면, 어찌해 바람결에 지는 꽃을 날려 보냈을까?162) 봄 산에 지는 꽃이 지고 싶어 지랴마는 바람에 떨어지니 네 마음이 아니로다. 나의 박명홍안163) 신세 저 꽃과 같은지라. 죽고 싶어 죽으랴마는

사세부득이라. 누구를 원망하고 누구를 탓할 수 없구나."

한 걸음에 눈물짓고, 두 걸음에 돌아서며, 강 머리에 다다르니, 선인들이 일심하여 뱃머리에 좌판 놓고 심 소저를 모셔 올려 배 안에 앉힌 후에 닻 감고 돛을 달아,

"어기야, 어기야!"

소리하며 북을 둥둥 울리면서 지향 없이 떠나간다.

---

162) 만약… 보냈을까 : 원문은 "약도춘풍불해의(若道春風不解意)하면, 하인취송낙화래(何因吹送落花來)오"로 당나라 시인 왕유(王維)의 시 〈반석에 재미로 적다(戱題磐石)〉에서 차용했다.

163) 박명홍안(薄命紅顔) : 젊은 나이에 일찍 죽음.

# 제6장 임당수에 떨어지는 꽃 한 송이

 범피중류164) 떠나갈 때 망망한 창해 중에 탕탕한 물결이라. 흰 마름꽃 피어 있는 물가의 갈매기는 붉은 여뀌꽃 핀 언덕으로 날아들고, 삼강(三江)의 기러기는 평평한 모래밭으로 떨어진다. 낭랑하게 남은 소리 어부의 피리 소리인 듯하건만 노래가 그치자 사람은 보이지 않고 버들잎만 푸르렀구나.165) "뱃사공의 노랫소리에 만고의 수심이 깊어지네"166)는 나를 두고 이름이라.

 장사를 지나가니 가태부 간곳없고,167) 멱라수 바라보

---

164) 범피중류(泛彼中流) : 판소리 〈심청가〉에서 심청이가 임당수에 빠져 가라앉지 않고 떠내려갈 때 주위의 경치를 읊은 대목. 여기서는 배가 넓은 바다의 중류에 둥둥 떠 있는 모습을 가리킨다.

165) 노래가… 푸르렀구나 : 원문은 "곡종인불견(曲終人不見)에 유색만 푸르렀다"로 당나라 시인 전기(錢起)의 〈소상강 정령의 거문고 연주(湘靈鼓瑟)〉에서 "노래가 그치니 사람은 보이지 않고(曲終人不見), 강 위의 몇 개 봉우리만 푸르구나(江上數峯靑)"라는 구절을 차용했다.

166) 뱃사공의… 깊어지네 : 원문은 "애내성중만고수(欸乃聲中萬古愁)"로 주자(朱子)의 〈무이구곡가(武夷九曲歌)〉 5곡에서 차용했다. 주자가 수풀 속을 거닐 때 들려오는 뱃사공의 노랫소리에 만고의 수심이 깊어지는 감정을 노래한 것이다.

니 굴삼려 어복충혼 어디로 가셨는고?168) 황학루169) 다다르니 "해 저문 저녁에 고향은 어디인가? 물안개 핀 강가에서 수심에 잠기네"170)는 최호의 유적이라. 봉황대171) 다

---

167) 장사를… 없고 : 가태부(賈太傅)는 중국 전한(前漢) 문제(文帝) 때의 정치 개혁가인 낙양(洛陽) 사람 가의(賈誼, BC 200~BC 168)를 가리킨다. 여기서 차용한 〈복조부(鵩鳥賦)〉는 BC 174년 조정에서 쫓겨나 장사왕(長沙王)의 태부(太傅)로 임명되어 떠날 때 지은 작품으로 그가 최초로 쓴 부이다. 쫓겨 가던 도중에 자신을 굴원에 비유하고 〈이소(離騷)〉를 모방해 〈도굴원부(悼屈原賦)〉를 짓기도 했다.

168) 멱라수(汨羅水)… 가셨는고 : 멱라수는 중국 후난성(湖南省) 동북부에 있는 강으로 동정호로 흘러드는 샹강(湘江)의 지류다. 초나라 삼려대부(三閭大夫)였던 굴원(屈原)이 간신들의 참소를 입고 억울함을 하소연하기 위해 〈이소(離騷)〉를 짓고 멱라수에 투신해 생을 마쳤다. 굴원은 〈어부사(漁父辭)〉에서 어부와의 문답을 통해 세상과 타협하며 살기보다는 "차라리 상수(湘水) 물가로 달려가 물고기 배 속에 장사지낼지언정(寧赴湘流, 葬於江魚之腹中)" 몸을 더럽히지 않겠다고 했다. '어복충혼(魚腹忠魂)'이라는 말이 여기서 유래했다.

169) 황학루(黃鶴樓) : 황허러우. 중국 후베이성(湖北省) 우한(武漢)의 황구산(黃鵠山)에 있는 누각으로 원래는 삼국 시대 오나라 손권(孫權)이 촉나라와 전쟁을 대비해 세운 누각이다. 웨양(岳陽)의 웨양러우(岳陽樓)와 난창(南昌)의 텅왕거(滕王閣)과 더불어 중국의 3대 누각으로 일컬어진다. 당나라 때 최호(崔顥)의 시 〈황학루〉가 최고의 작품으로 평가되는데, 이백이 그 작품을 보고 더 좋은 작품을 쓸 수 없다고 붓을 꺾고 내려왔다 한다.

170) 해 저문… 잠기네 : 원문은 "일모향관하처시(日暮鄕關何處是)오,

다르니 "세 산은 청천 밖에 반쯤 걸려 있고, 두 강은 백로 주를 가운데로 나뉘었다"172)는 이태백이 놀던 데요, 심양 강 다다르니 백낙천이 어디 가고 비파 소리 끊어졌다.173) 적벽강 그저 가랴? 소동파 놀던 풍월174) 옛날과 변함이 없다마는 조조 같은 일세의 영웅이 지금은 어디에 있나?175)

---

연파강상사인수(煙波江上使人愁)는"으로 당나라 시인 최호(崔顥)의 시 〈황학루(黃鶴樓)〉에서 차용했다.

171) 봉황대(鳳凰臺) : 펑황타이. 중국 난징시(南京市) 서남에 있는 누대로 이백의 시 〈금릉의 봉황대에 올라(登金陵鳳凰臺)〉가 유명하다. 황학루, 악양루, 등왕각과 더불어 강남 4대 누각으로 불린다.

172) 세 산은… 나뉘었다 : 원문은 "삼산반락청천외(三山半落靑天外), 이수중분백로주(二水中分白露洲)"로 이백(李白)의 시 〈금릉의 봉황대에 올라(登金陵鳳凰臺)〉에서 차용했다.

173) 심양강(潯陽江)… 끊어졌다 : 백낙천(白樂天)은 당나라 시인 백거이(白居易, 772~846)로 당 현종과 양귀비의 사랑을 노래한 〈장한가(長恨歌)〉와 비파 타는 여인의 사연을 노래한 〈비파행(琵琶行)〉이 있다. 여기서 차용한 시는 〈비파행〉으로 심양강 나루에서 친구를 이별하는데 비파 타는 여인이 있어 살아온 내력을 듣고 지어 여인에게 준 시다.

174) 적벽강(赤壁江)… 풍월 : 소동파(蘇東坡)는 송나라 시인으로 당송팔대가(唐宋八大家)의 한 사람이다. 소동파가 적벽강을 찾아 배를 띄우고 놀면서 〈전적벽부(前赤壁賦)〉, 〈후적벽부(後赤壁賦)〉를 지었다.

175) 조조… 있나 : 원문은 "조맹덕(曹孟德) 일세지웅(一世之雄) 이금(而今)에 안재재(安在哉)오"로 〈전적벽부〉 "참으로 일세의 영웅으로 지금은 어디에 있는가(固一世之雄也 而今安在哉)"라는 구절을 차용했다.

달 지고 까마귀 우는 깊은 밤에 고소성(姑蘇城)에 배를 매고, 한산사(寒山寺) 쇠북 소리 객선에 떨어진다.176) 진회수(秦淮水) 건너가니 강 건너의 술 파는 여자들은 망국한을 모르고서 "물안개는 찬 강물을 덮고 달빛은 모랫벌을 비추는데" 〈후정화〉177)만 부르더라.178) 소상강 들어가니 악양루(岳陽樓) 높은 집은 호수 위에 떠 있고, 동남으로

---

176) 달 지고… 떨어진다 : 당나라 시인 장계(張繼)의 〈밤에 풍교에 배를 대고(楓橋夜泊)〉에서 차용했다. 시 원문은 "달 지고 까마귀 울고 하늘에 서리 가득한데(月落烏啼霜滿天), 강가의 단풍과 고기잡이 등불을 대해 근심으로 잠 못 이루네(江楓漁火對愁眠). 고소성 밖 한산사에(姑蘇城外寒山寺), 한밤의 종소리가 객선에 들려오네(夜半鐘聲到客船)."

177) 〈후정화(後庭花)〉 : 〈옥수후정화(玉樹後庭花)〉라고도 한다. 남북조 시대 진(陳)나라의 마지막 군주인 진숙보(陳叔寶)가 빈객을 맞아 귀비(貴妃) 등과 즐겁게 잔치할 때마다 귀인(貴人)과 여학사(女學士)와 빈객들에게 시를 지어 서로 주고받게 했다. 그중에 아름다운 시를 뽑아 가사로 삼고 노래를 지어 아름다운 궁녀 수백 명으로 하여금 노래 부르게 했는데, 정사를 돌보지 않고 풍류만 즐기다 나라를 잃어 후인들은 이를 '나라를 망하게 한 노래(亡國之音)'라 불렀다.

178) 물안개는… 부르더라 : 만당의 시인 두목(杜牧)의 시 〈진회에 배를 대고(泊秦淮)〉에서 차용했다. 시 원문은 "물안개는 찬 강물을 덮고 달빛은 모래벌을 비추는데(煙籠寒水月籠沙), 밤에 진회에 배를 대니 주막이 가깝구나(夜泊秦淮近酒家). 술집 여자들은 망국한도 모르고서(商女不知亡國恨), 강 건너에서 오히려 〈후정화〉를 부르는구나(隔江猶唱後庭花)."

바라보니 오산(吳山)은 첩첩이 늘어섰고, 초수(楚水)는 겹겹이 쌓여 있다. 반죽[179]에 젖은 눈물 이별의 한을 띠었고, 무산(巫山)에 돋은 달은 동정호(洞庭湖)에 비치니 맑은 하늘이 거울 속에 푸르렀다. 창오산에 저문 연기 참담하여 황릉묘에 잠기었다.[180] 산협의 잔나비는 자식 찾는 슬픈 소리 귀양객과 시인이 몇몇이냐?

심청이 배 안에서 소상팔경[181] 다 본 후에 한 곳을 가노라니 향풍이 일어나며 옥패 소리 들리더니 흐릿한 대숲 사이로 어떠한 두 부인이 선관(仙冠)을 높이 쓰고 자줏빛 치마를 걷어안고 뚜렷이 나오더니,

---

179) 반죽(斑竹) : 소상강(瀟湘江) 가에 자라는 대나무로, 순임금이 죽자 두 비인 아황과 여영이 소상강 가에서 피눈물을 흘려 그곳의 대나무들에 아롱진 점이 생겨 반죽(斑竹)이 되었다 한다.

180) 창오산(蒼梧山)에… 잠기었다 : 창오산은 중국 후난성(湖南省)에 있으며 순(舜)임금이 죽어 묻힌 곳으로 구의산(九疑山)이라고도 불린다. 황릉묘(黃陵廟)는 요(堯)임금의 두 딸이자 순임금의 두 비인 아황(娥皇)과 여영(女英)의 사당으로 동정호 군산에 있다.

181) 소상팔경(瀟湘八景) : 중국 후난성(湖南省) 샤오샹강(瀟湘江) 주변의 8가지 아름다운 경치로 평사낙안(平沙落雁), 원포귀범(遠浦歸帆), 산시청람(山市晴嵐), 강천모설(江天暮雪), 동정추월(洞庭秋月), 소상야우(瀟湘夜雨), 연사만종(煙寺晩鐘), 어촌석양(漁村夕陽)이다. 시와 그림의 주제로 많이 다루어 졌다.

"저기 가는 심 소저야, 나를 어이 모르느냐? 우리 성군 대순씨(大舜氏)가 남으로 순행하시다가 창오(蒼梧) 들에서 붕하시니[182] 속절없는 이 두 몸이 소상강 대숲에서 피눈물을 뿌렸더니 가지마다 아롱져서 잎잎이 원한이라. '창오산이 무너지고 소상강이 말라야 대나무에 어린 눈물자국이 없어지리라'[183] 천추에 깊은 한을 하소할 길 없었더니 네 효성이 지극하기에 너에게 말하노라. 대순 돌아가신 후 몇 천 년에 오현금 남풍시[184]가 지금까지 전하지 않더냐? 수로만리 몇 며칠에 조심하여 다녀오라."

홀연히 간곳없다. 심청이 생각하니,

'소상강 이비(二妃)로다. 죽으러 가는 나를 조심하여 오라 하니 진실로 괴이하다.'

---

182) 붕(崩)하다 : 임금이 세상을 떠남. 붕어(崩御).

183) 창오산이… 없어지리라 : 원문은 "창오산붕상수절(蒼梧山崩湘水絕)이라야, 죽상지루내가멸(竹上之淚乃可滅)이라"로 당나라 시인 이백(李白)의 〈원별리(遠別離)〉에서 차용했다.

184) 남풍시(南風詩) : 순임금이 다섯 줄로 된 거문고인 오현금(五絃琴)을 타면서 부른 노래로 〈남풍가(南風歌)〉라 한다. "남풍의 훈훈함이여, 우리 백성의 근심을 풀어 줄 수 있기를. 남풍이 제때 불어옴이여, 우리 백성의 재산을 늘려 주기를!"로 따뜻한 바람인 남풍을 기다리며 백성을 축복하는 성군의 노래다.

그곳을 지나서 계산에 당도하니 풍랑이 일어나며 찬 기운이 쓸쓸하더니 한 사람이 나오는데, 두 눈을 꼭 감고 가죽으로 몸을 싸고 울음 울고 나오더니,

"저기 가는 심 소저야, 네 나를 모르느냐? 오나라 자서185)로다. 슬프다! 우리 성상, 백비186)의 참소 듣고 촉루검(屬鏤劍)을 내게 주니, 목을 찔러 죽은 후에 가죽 자루로 몸을 싸서 이 물에 던졌구나. 원통함을 못 이겨 월나라 병사들이 오나라를 멸망시키는 것을 역력히 보려고 내 눈을 일찍 빼서 동문 위에 걸었더니, 내 완연히 보았으나 몸에 쌓인 이 가죽을 뉘라서 벗겨 주며 눈 없는 게 한이로

---

185) 자서(子胥) : 중국 춘추 전국 시대 초(楚)나라의 명문가 출신으로 아버지와 형이 초 평왕(平王)에게 피살당하자 복수를 위해 오(吳)나라로 망명해 합려(闔閭) 아래로 들어가 재상이 됐다. 오나라의 국력을 신장시켜 초·제나라 등을 함락하고, 오왕 합려를 춘추 5패의 하나로 등극시켰다. 결국 초나라를 멸망시킨 오나라의 공신이 되었으나 합려의 뒤를 이어 부차(夫差)가 왕위에 오르자 국정에 대한 견해 차이로 중용되지 못하고, 부차가 내린 촉루검(屬鏤劍)으로 자결해 생을 마감했다.

186) 백비(伯嚭) : 초나라 대부 백극완(伯郤宛)의 아들로 간신 비무극의 흉계로 부친이 억울하게 처형되자 오나라로 도망쳐 동병상련의 처지인 오자서에 의해 오왕 합려를 섬기게 되었다. 하지만 강직한 오자서와 대립해 직간하는 오자서를 참소해 자결하게 만들었다. 월왕 구천의 책사인 범려의 꾀에 넘어가 부차를 향락에 빠지게 했으며 월왕 구천을 살려 두어 결국 월나라가 오나라를 멸망시키는 데 일조했다.

다."187)

홀연히 간곳없다. 심청이 생각하니 그 혼은 오나라 충신 오자서라. 한 곳에 다다르니 어떠한 두 사람이 못가로 나오는데, 앞으로 서신 이는 왕자의 기상이라. 의상이 남루하니 초나라 죄인일시 분명하다. 눈물지으며 하는 말이,

"애달프고도 분한 것이 진나라 속임 되어 무관에 삼 년 있다가 고국을 바라보니 돌아가지 못하는 혼이 되었구나.188) 천추에 한이 있어 초혼조189)가 되었더니 박랑퇴 소리190)를 반겨 듣고 속절없는 동정호 달에 헛 춤만 추었구

---

187) 백비의… 한이로다 : 오자서는 오왕 부차가 자신의 충언을 번번이 무시하자 오나라의 앞날이 멀지 않았다고 생각해 제나라에 동행했던 아들을 제나라의 포씨에게 맡긴 채 혼자 귀국했다. 태재 백비가 이 사실을 이용해 오자서를 모함했고, 부차는 오자서에게 촉루검(屬鏤劍)을 보내 자결을 명했다. 오자서는 부차를 원망하며 가신에게 자신의 무덤에 가래나무를 심어 왕의 관을 만들 때 목재로 쓰고, 자신의 눈을 뽑아 동문에 걸어 후에 월나라의 공격으로 오나라가 멸망하는 모습을 볼 수 있게 해 달라는 유언을 남기고 자결했다. 오왕 부차는 격노해 그의 시신을 말가죽 자루에 담아 강물에 던져 버리라 명했다.

188) 애달프고도… 되었구나 : 초나라 회왕(懷王)이 진나라 소왕(昭王)의 초청을 받아 갔다가 무관(武關)에 3년 동안 억류되었다가 그곳에서 죽었던 일을 말한다.

189) 초혼조(招魂鳥) : 죽은 사람의 혼령을 부르는 새. 두견을 이른다.

190) 박랑퇴(博浪槌) 소리 : 한(韓)나라 유민인 장양(張良)이 진시황을

나."

그 뒤의 한 사람이 안색이 초췌하고 몸은 마르고 파리한데,191)

"나는 초나라 굴원이라. 회왕을 섬기다가 자란192)의 참소 만나 더러운 마음 씻으려고 이 물에 와 빠졌노라. 어여쁠사 우리 임금을 사후에나 모셔 볼까 하고 길이 한이 있었기에 이같이 모셨노라. '고양 임금의 후손으로 나의 아버지는 백용(伯用)이라. 초목이 시들어 떨어져 버리니, 젊은 이 몸도 늙을까 겁난다.'193) 세상에 문장재사(文章才

---

암살하려고 동쪽으로 가서 창해군(倉海君)을 만나 한 명의 역사(力士)를 소개받았다. 창해역사(滄海力士)를 위해 장양은 무려 120근이나 되는 철퇴를 만들어 주었고, 진시황이 동쪽으로 순수(巡狩)하러 나오는 시기를 노려, 마침내 하남성(河南城) 원양현(原陽縣) 박랑사(博浪沙)에서 진시황을 철퇴로 저격했으나 수레를 잘못 골라 실패했다.

191) 안색이… 파리한데 : 원문은 "안색이 초췌하고 형용이 고괴한데"로 굴원의 〈어부사(漁父辭)〉의 첫 구절 "안색초췌 형용고고(顔色憔悴, 形容枯槁)"를 차용해 굴원의 모습을 묘사했다.

192) 자란(子蘭) : 초나라 회왕(懷王)의 아들로 진나라 소왕(昭王)이 거짓으로 무관(武關)에서 만나자고 했을 때 가기를 권했다. 회왕이 진나라에서 죽자 사람들이 그를 원망했으나 형인 경양왕(頃襄王)이 즉위하자 영윤(令尹, 재상)이 되어 상관대부 근상(靳尙)과 굴원(屈原)을 참소했고 이에 굴원은 삼려대부(三閭大夫)를 사직하고 조정을 떠났다.

193) 고양… 겁난다 : 원문은 "제고양지묘예혜(帝高陽之苗裔兮)여, 짐

士) 몇 분이나 계시더냐? 심 소저는 효성으로 죽고, 나는 충심으로 죽었으니 충효는 일반이라. 위로코자 나왔노라. 창해(滄海) 만 리에 평안히 가옵소서."

심청이 생각하되,

'죽은 지 수천 년에 영혼이 남아 있어 내 눈에 뵈는 일이 그 아니 이상한가? 나 죽을 징조로다.'

슬프게 탄식한다. 물에서 밤이 몇 밤이며 배에서 날이 몇 날인가? 어언간 네댓 달이 물과 같이 흘러가니,

"서늘한 가을바람이 저녁에 일어나니, 옥 같은 하늘은 유달리 드높아라."194)

"저녁노을은 외로운 갈매기와 같이 날고, 가을 강물은 너른 하늘과 한 빛깔이라."195)

---

황고왈백용(朕皇考曰伯用)이라. 유초목지영락혜(惟草木之零落兮)여, 공미인지지모(恐美人之遲暮)로다"로 〈이소(離騷)〉의 첫 장에서 차용했다.

194) 서늘한… 드높아라 : 원문은 "금풍삽이석기(金風颯以夕起)하고, 옥우확이쟁영(玉宇廓以崢嶸)이라"로 김인후(金麟厚)의 시 〈칠석부(七夕賦)〉의 한 구절을 차용했다.

195) 저녁노을은… 빛깔이라 : 원문은 "낙하여고목제비(落霞與孤鶩齊飛)하고, 추수공장천일색(秋水共長天一色)이라"로 당나라 시인 왕발(王勃)의 〈등왕각서(滕王閣序)〉에서 차용했다.

"강 언덕에 귤이 익으니 황금이 천 편이요, 갈대꽃이 바람에 날리니 흰 눈이 만점이라."[196)]

냇버들과 가는 버들 지는 잎은 가을바람에 휘날리고, 맑은 이슬과 서늘한 바람은 불었는데,[197)] 괴로울사 어선들은 등불을 높이 달고 뱃노래로 화답하니 돋우는 게 수심이요, 바닷가 청산들은 봉우리마다 칼날이라.

"해 지는 장사(長沙)에 풀빛이 아득한데, 어디 가 이비(二妃)를 조문할지 알지 못하네."[198)]

송옥의 〈비추부〉[199)]가 이보다 슬플쏘냐? 동녀(童女)를

---

196) 강 언덕에⋯ 만점이라 : 원문은 "강안(江岸)에 귤농(橘濃)하니 황금(黃金)이 천 편(千片)이요, 노화(蘆花)에 풍기(風起)하니 백설(白雪)이 만 점(萬點)이라"로 신재효(申在孝)의 〈허두가(虛頭歌)〉에서 차용했다.

197) 냇버들과⋯ 불었는데 : 석북(石北) 신광수(申光洙)의 〈악양루에 올라 관산융마를 탄식한다(登岳陽樓歎關山戎馬)〉에서 "곡강 기슭에는 신포의 가는 버들이 늘어섰고(新蒲細柳曲江岸), 기자주에는 옥 같은 이슬과 맑은 바람이로다(玉露淸風蘷子洲)"라는 구절을 차용했다.

198) 해지는⋯ 못하네 : 원문은 "일락장사초색원(日落長沙草色遠)하니 부지하처조상군(不知何處弔湘君)이라"로 이백(李白)의 〈동정호에서 노닐다(遊洞庭湖)〉에서 차용했다.

199) 〈비추부(悲秋賦)〉 : 전국 시대의 초(楚)나라 사람인 송옥(宋玉)이 지은 초사(楚辭) 〈구변(九辨)〉을 말한다. 송옥은 굴원(屈原)의 제자로 선생이 쫓겨남을 민망히 여겨 이 글을 지었다.

실었으니 진시황의 약을 캐러 가는 밴가? 방사[200]는 없었으나 한 무제(漢武帝)의 신선 찾는 배인가? 내가 진작 죽자 하니 뱃사람들이 지키고, 살아 실려 가자 하니 고국이 아득하다.

한 곳에 당도하니 닻을 주고 돛을 질 때, 이는 곳 임당수라. 광풍이 크게 일고 바다가 드높은데 어룡이 싸우는 듯, 큰 바다 한가운데 돛도 잃고 닻도 끊겨 노도 잃고 키도 빠져 바람 불고 물결 쳐 안개 뒤섞여 잦아진 날, 갈 길은 천리나 만 리나 남고 사면이 검어 어둑어둑 저무니 천지 지척 막막한데, 산 같은 파도가 뱃전을 땅땅 쳐 경각이 위태하니, 도사공 이하가 몹시 두려워하고 겁을 내어 넋을 잃고 고사(告祀) 절차를 차리는데, 한 섬 쌀로 밥을 짓고 큰 돼지 잡아 큰 칼 꽂아 정하게 받쳐 놓고 삼색 실과 오색 당속[201] 큰 소 잡고 동이 술을 방위 찾아 갈라 놓고, 심청을 목욕시켜 의복을 정히 입혀 뱃머리에 앉힌 후에 도사공이 고사를 올릴 때, 북채를 갈라 쥐고 북을 둥둥둥둥 두리둥 두리둥 울리며,

---

200) 방사(方士) : 신선의 술법을 닦는 사람.
201) 당속(糖屬) : 설탕에 졸여서 만든 음식을 통틀어 이르는 말.

"헌원씨202) 배를 만들어 통할 수 없는 곳을 건너게 하옵신 후 후생이 본을 받아 다 각기 업적을 이루니 막대한 공이 아닌가? 하우씨203) 구 년 치수 배를 타고 다스리며 오복의 정한 공 세우고 도로 돌아들 때 배를 타고 기다리고, 공명(孔明)의 높은 조화 동남풍을 빌어 내어 조조(曹操)의 백만 대병 주유(周瑜)로 화공(火攻)하여 적벽대전 할 적에 배 아니면 어이 하리? '고향 가는 배는 출렁출렁 흔들리며 가볍게 나아가니'204) 도연명(陶淵明)의 〈귀거래(歸去來)〉요, '넓은 바다에 외로운 돛단배 더디 가니, 장한(張翰)이 강동으로 떠날 때'205)요, '임술년 가을 칠월에 한 잎의 갈대 같은 배가 가는 대로 맡기니'206) 소동파(蘇東

---

202) 헌원씨(軒轅氏) : 황제(黃帝) 헌원씨는 중국의 신화에 등장하는 제왕(帝王)으로, 삼황(三皇)에 이어 중국을 다스린 오제(五帝)의 첫 번째 왕이다. 처음으로 배를 만들어 사용했다고 전한다.

203) 하우씨(夏禹氏) : 중국 하(夏)나라의 우(禹)임금. 황하의 홍수를 다스려 왕이 되었다.

204) 배는… 나아가니 : 원문은 "주요요이경양(舟搖搖而輕颺)하니"로 동진(東晉)의 시인 도연명(陶淵明)의 〈귀거래사(歸去來辭)〉에서 차용했다.

205) 넓은… 때 : 원문은 "해활(海濶)하니 고범지(孤帆遲)는 장한의 강동거요"로 이백(李白)의 시 〈장사인을 강동으로 보내며(送張舍人之江東)〉에서 차용했다.

坡)의 놀이 있고, 지국총 어사화로 '빈 배에 가득 달빛만 싣고 돌아오네'207)는 어부의 즐거움이요, '계수나무 노와 난초 노를 저으면서 멀리 포구로 내려가'208)니 오나라, 월나라 미녀들의 연밥 따는 배요, '이 고을에서 배를 띄워 어느 고을로 가는가'209)는 장삿배 그 아닌가?

우리 동무 스물네 명 장사로 생업을 삼아 십오 세에 조수 타고 '한 해 가고 또 한 해가 가'210) 배를 타고 서남지방을 떠돌아다니다가, 오늘날 임당수에 제수를 올리오니 동해신 아명(阿明)이며, 남해신 축융(祝融)이며, 서해신 거

---

206) 임술년(壬戌年)… 맡기니 : 원문은 "임술지추칠월(壬戌之秋七月)에 종일위지소여(縱一葦之所如)하여"로 소동파(蘇東坡)의 〈전적벽부(前赤壁賦)〉에서 차용했다.

207) 빈 배에… 돌아오네 : 원문은 "공선만재월명귀(空船滿載月明歸)"로 월산대군의 시조 〈추강에 밤이 드니〉에서 "무심한 달빛만 싣고 빈 배 저어 오노라"라는 구절을 차용했다.

208) 계수나무… 내려가 : 원문은 "계도난요하장포(桂棹蘭橈下長浦)"로 당나라 시인 왕발(王勃)의 〈채련곡(采蓮曲)〉에서 차용했다.

209) 이 고을에서… 가는가 : 원문은 "차군발선하군왕(此郡發船何郡往)"으로 출전은 자세하지 않다.

210) 한 해… 가 : 원문은 "경세우경년(經歲又經年)에"로 당나라 여성 시인 유채춘(劉采春)의 〈나홍곡(囉嗊曲)〉에서 차용했다. 유채춘은 이야, 설도, 어현기와 더불어 당나라 4대 여성 시인으로 꼽힌다.

승(巨乘)이며, 북해신 옹강(禺强)이며, 장강(長江)과 한강(漢江)의 신, 시내와 못의 신이 제수를 흠향하여 일체 통감(洞鑑)하옵신 후 풍신(風神)으로 바람 주고 해역으로 인도하여 백천만 금 가지게 소망 이루어 주소서! 고시레![211] 둥둥."

빌기를 다한 후에,

"심청이 물에 들라!"

선인들이 재촉하니, 심청의 거동 보소. 뱃머리에 우둑 서서 두 손으로 합장하고 하느님께 비는 말이,

"비나이다. 비나이다. 하느님 전 비나이다. 심청이 죽는 일은 추호도 서럽지 않으나 앞 못 보는 우리 부친 천지의 깊은 한을 생전에 풀려고 죽임을 당하오니 밝은 하늘이 감동하시어 우리 부친 어두운 눈을 오래지 않아 밝게 하여 대명천지 보게 하오!"

뒤로 펄썩 주저앉아 도화동을 향하더니,

"아버지, 나는 죽소! 어서 눈을 뜨옵소서!"

손 짚고 일어서서 선인들께 말을 하여,

---

211) 고시레 : 고수레의 방언. 고수레는 민속에서 산이나 들에서 음식을 먹을 때나 굿을 할 때 귀신에게 먼저 바친다는 뜻으로 음식을 조금 떼어서 던지는 것을 말한다.

"여러 선인 상고(商賈)님네, 평안히 가시고 억십만 금 이익을 얻어 이 물가를 지나거든 나의 혼백 넋을 불러 객귀212) 면하게 해 주오!"

빛나고 고운 눈을 감고 치마폭을 무릅쓰고 이리저리 저리이리 뱃머리로 와락 나가 물에 풍덩 빠져 놓으니, 살구꽃은 풍랑을 좇고 밝은 달은 바다에 잠겼도다. 선인 우두머리 기가 막혀,

"아차 아차, 불쌍하다!"

우두머리 통곡하며 배꾼들 엎드려 울며,

"출천대효 심 소저는 아깝고 불쌍하다. 부모 형제 죽었던들 이보다 더할쏘냐?"

한참 이리 우는구나.

---

212) 객귀(客鬼) : 객지에서 죽은 사람의 혼령.

임당수 깊은 물에 힘없이 떨어진다

## 제7장 용궁 간 심청, 뺑덕어미 만난 심 봉사

 그때 옥황상제께서 사해용왕213)에게 분부하여,
 "내일 오시(午時) 첫 시각에 임당수 바다 중에 출천대효 심청이가 물에 떨어질 터이니 그대들은 미리 준비하여 수정궁(水晶宮)에 영접하고 다시 영을 기다려 인간 세상으로 내보내되, 만일 시각이 어긋났다가는 사해 수궁 여러 신하들이 죄를 면치 못하리라."
 분부가 지엄하시니 사해용왕 황겁하여 원참군214) 별주부와 백만 철갑 여러 장수들이며 무수한 신녀(神女)들에게 백옥 교자(轎子) 준비하고 그 시각을 기다릴 제, 과연 오시 첫 시각이 되자 백옥 같은 한 소저가 해상에 떨어지니 여러 선녀 옹위하여 심 소저를 고이 모셔 교자에 앉

---

213) 사해용왕(四海龍王) : 사면의 바다를 관장하는 용왕. 동해 광연왕(廣淵王), 남해 광리왕(廣利王), 서해 광덕왕(廣德王), 북해 광택왕(廣澤王)을 말한다.

214) 원참군(元參軍) : 참군 중에 으뜸인 사람. 참군은 조선 시대 한성부(漢城府)와 훈련원(訓鍊院)의 정7품 벼슬이다. 1754(영조 30)년에 사산감역관(四山監役官)을 고쳐 훈련도감(訓鍊都監), 어영청(御營廳), 금위영(禁衛營), 총융청(摠戎廳) 네 곳에 나누어 배속시켰다.

히거늘 심 소저 정신 차려 사양하여 이른 말이,

"나는 속세의 인간이라. 어찌 황송하게 용궁의 교자에 타겠습니까?"

여러 신녀 여쭈오되,

"상제 분부 계시었으니 만일 지체하시면 사해 수궁 탈이오니 지체 말고 타옵소서."

사양타 못하여 교자에 앉으니 수정궁으로 들어갈 제, 수정궁으로 들어간다. 모습도 장할시고. 천상 선관 선녀들이 심 소저를 보려고 좌우로 벌여 섰는데, 태을진[215]은 학을 타고, 안기생[216]은 난조[217] 타고, 적송자[218]는 구름 타고, 갈선옹[219]은 사자 타고, 청의동자 홍의동자 쌍쌍이

---

215) 태을진(太乙眞) : 북극성의 신. 인간에게 닥치는 전쟁, 수해, 홍수 등의 재난을 면하게 해준다. '태을진인'이라고도 한다.

216) 안기생(安期生) : 중국 춘추 전국 시대 진(秦)나라 사람. 도술을 배워 신선이 되었다고 한다.

217) 난조(鸞鳥) : 상상의 새로 모양은 닭과 비슷하고 털빛은 붉은 바탕에 다섯 가지 빛깔이 섞였으며 울음소리가 오음(五音)에 맞는다고 한다. 난새.

218) 적송자(赤松子) : 중국 전설에 나오는 상고시대의 선인으로 비를 관장하는 신. 《열선전(列仙傳)》의 첫머리와 《수신기(搜神記)》에서 언급되며, 최초의 선인으로 취급되기도 한다.

219) 갈선옹(葛仙翁) : 중국 동진(東晉) 때의 저명한 도학자인 갈홍(葛

벌여 섰는데, 월궁항아, 서왕모220)며 마고선녀,221) 낙포선녀,222) 남악부인 팔선녀223) 다 모여들었는데, 고운 물색 좋은 패물 향기가 진동하고 풍악이 낭자하다. 왕자진의 봉피리,224) 곽처사의 죽장고,225) 농옥의 옥퉁소,226) 완적

---

洪)으로 연단과 의학에 정통했다. 관직에 뜻을 두지 않고 나부산에 들어가 득도를 하고 연단과 저술 활동을 했는데, 특이하게도 갈홍은 신선방술과 유가의 삼강오륜을 결합해 충효와 인을 근간으로 삼아야 불로장생할 수 있다고 주장했다.

220) 서왕모(西王母) : 중국 도교 신화에 나오는 불사의 여왕. 본래 인간과 비슷하지만 표범 꼬리와 호랑이 이빨을 가진 산신령이 아름다운 여인으로 변했다고 한다. 요지(瑤池)에 살며 정원에는 희귀한 꽃들, 특이한 새들, 불로장생의 복숭아인 반도(蟠桃) 등이 있다.

221) 마고선녀(痲姑仙女) : 중국 도교의 마고선녀가 한국으로 전해진 마고(痲姑)할미는 한국 신화에서 전해져 내려오는 여신 또는 창조신, 거인신이다. 마고할망, 마고할미, 마고 할머니, 혹은 마고선녀 등으로도 불린다.

222) 낙포선녀(洛浦仙女) : 복희씨(伏羲氏)의 딸 복비(宓妃). 낙수에 빠져 낙수의 신이 되었다 함.

223) 남악부인(南岳夫人) 팔선녀(八仙女) : 김만중의 《구운몽》에 등장하는 남악(南岳) 위부인(魏夫人)과 그의 제자 팔선녀.

224) 왕자진(王子晉)의 봉피리 : 주나라 영왕(靈王)의 태자. 생황을 잘 불어서 봉황 울음소리까지 냈다고 하는데, 영왕(靈王)에게 간언을 하다 천민이 되었다. 훗날 신선이 되어 백학을 타고 인간 세상에 잠깐 내려와 구산에서 가족을 만나고 헤어졌다고 한다. 이 날이 7월 7일인데

의 휘파람,227) 금고의 거문고,228) 낭자한 풍악 소리 수궁이 진동한다. 수정궁에 들어가니 집치레가 황홀하다. 천여 칸 수정궁이 호박 기둥, 백옥 주추, 대모 난간, 산호 주렴 광채 찬란하여 상서로운 기운이 공중에 서렸다. "진주

---

가족이 구산(緱山)에서 기다리니 과연 왕자진이 백학(白鶴)을 타고 날아와 인사를 하고, 생황을 불다가 며칠 뒤 다시 백학을 타고 날아갔다고 한다.

225) 곽처사(郭處士)의 죽장고(竹杖鼓) : 곽처사는 당나라 무종 때의 곽도원(郭道源)으로 '격구'라는 악기, 곧 죽장고를 잘 쳤다고 한다.

226) 농옥(弄玉)의 옥퉁소 : 춘추 시대 진(秦) 목공(穆公)의 딸로 유향(劉向)의 《열선전(列仙傳)》에 의하면 퉁소를 잘 불었고 소사(簫史)와 결혼해 그에게서 봉황의 소리 내는 법을 배웠다. 십 수 년이 지나자 퉁소를 불면 봉황 소리와 비슷해 봉황이 날아와 집에 머무를 정도가 되었다 한다.

227) 완적(阮籍)의 휘파람 : 삼국 시대 위(魏)나라 사람이며 자는 사종(嗣宗)으로 본관은 연주(兗州) 진류군(陳留郡) 위시현(尉氏縣). 죽림칠현(竹林七賢) 중 한 사람이다. 일찍이 소문산에 놀러 다닐 때 그 산에 손등이 있어 완적이 손등에게 길게 휘파람 불었고 소리가 청량해 손등은 편안하게 웃었으며, 완적이 내려오자 손등도 휘파람을 불었고 난세 또는 봉황의 울음소리와 같았다고 한다.

228) 금고(琴高)의 거문고 : 전국 시대 조(趙)나라 사람으로 거문고를 잘 타서 송(宋)나라 강왕(康王)의 식객이 되었다. 연자(涓子)와 팽조(彭祖)의 도술을 행했으며 기주(冀州)와 탁군(涿郡) 사이에서 2백 년이나 떠돌아다녔다.

와 자개 궁궐은 하늘 위 해와 달과 별처럼 빛나고, 곤룡포와 수놓은 옷에는 인간의 오복이 갖추어지리라."229) 동으로 바라보니 삼백 척 부상(扶桑) 가지 뜨는 해에 붉어 있고,230) 남으로 바라보니 대붕이 날기를 다해도 물빛이 쪽빛과 같고,231) 서쪽으로 바라보니 늦은 밤 요지(瑤池)의 서왕모(西王母)가 내려오니 한 쌍의 파랑새가 날아들고,232) 북으로 바라보니 중원이 어디인가 멀리 바라보니 한 가닥 청산이 푸르렀다.233) 위로 바라보니 소매 안의 글

---

229) 진주와… 갖추어지리라 : 원문은 "주궁패궐(珠宮貝闕)은 응천상지삼광(應天上之三光)이요, 곤의수상(袞衣繡裳)은 비인간지오복(備人間之五福)이라"로 명나라 구우(瞿佑)의 《전등신화(剪燈新話)》 중 〈수궁경회록(水宮慶會錄)〉의 상량문에 나오는 구절이다.

230) 삼백 척… 있고 : 〈수궁경회록〉의 상량문에 나오는 〈육위송(六位頌)〉의 일부를 차용했다. 원래의 시는 "부상의 삼백 척 뽕나무를 웃으면서 바라보니(笑看扶桑三百尺), 천상의 닭이 울자 둥근 해가 붉게 솟네(金鷄啼罷日輪紅)."

231) 대붕(大鵬)이… 같고 : 〈수궁경회록〉의 상량문에 나오는 〈육위송〉의 일부를 차용했다. 원래의 시는 "큰 붕새가 날기를 다해도 물빛이 쪽과 같네(大鵬飛盡水如藍)."

232) 늦은 밤… 날아들고 : 〈수궁경회록〉의 상량문에 나오는 〈육위송〉의 일부를 차용했다. 원래의 시는 "늦은 밤 요지에 서왕모가 내려오는지(後夜瑤池王母降), 한 쌍의 파랑새가 사람 향해 우네(一雙靑鳥向人啼)."

233) 중원이… 푸르렀다 : 〈수궁경회록〉의 상량문에 나오는 〈육위송〉

한 편을 다 아뢰고 나면 창생들의 재앙도 다 제하고,234) 아래로 바라보니 맑은 새벽 찬양하는 소리 자주 들리고 강과 물의 신들이 조회한다.235)

　음식을 드릴 적에 세상에 없는 것이라. 유리 상 자단 쟁반에 산호 잔 호박 받침 자하주(紫霞酒), 연엽주(蓮葉酒)를 기린포(麒麟脯)로 안주 놓고, 호로병 제호탕236)에 감로주(甘露酒)를 곁들이고, 금강석 새긴 쟁반 안기증조 담아 놓고,237) 한 가운데 삼천 벽도(碧桃) 덩그렇게 괴어 놓았

---

의 일부를 차용했다. 원래의 시는 "중원이 어디인가 멀리 바라보니(遙瞻何處是中原), 한 가닥 청산이 비취빛으로 떠 있다(一髮靑山浮翠色)."

234) 소매… 제하고 : 〈수궁경회록〉의 상량문에 나오는 〈육위송〉의 일부를 차용했다. 원래의 시는 "소매 안의 글 한 편을 다 아뢰고 나면(袖中奏罷一封書), 창생들의 재앙도 다할 것 같네(盡如蒼生除禍瘴)."

235) 맑은… 조회한다 : 〈수궁경회록〉의 상량문에 나오는 〈육위송〉의 일부를 차용했다. 원래의 시는 "맑은 새벽이면 찬양하는 소리 자주 들리고(淸曉頻聞贊拜聲), 강과 물의 신들이 조회하러 오는구나(江神河伯朝靈駕)."

236) 제호탕(醍醐湯) : 오매육(烏梅肉)·사인(砂仁)·백단향(白檀香)·초과(草果) 등을 곱게 가루로 만들어 꿀에 버무려 끓였다가 냉수에 타서 먹는 청량음료로 갈증 해소에 좋다.

237) 안기증조(盌器蒸棗) 담아 놓고 : 주발 그릇에 찐 대추를 담아 놓다. 찐 대추는 반도 복숭아와 더불어 귀한 식품이다. 가야국의 허 황후가 바다에서 증조(蒸棗)를 구하고 하늘에서 반도(蟠桃)를 얻었다 한다.

다. 좌우에 선녀들이 심 소저를 위로하여 수정궁에 머무르니, 옥황상제 영이거든 거행하는 게 평범하랴? 사해용왕께서 신녀들을 보내어 아침저녁으로 문안하고 번을 들어 모실 때 사흘마다 작은 잔치요, 닷새마다 큰 잔치로 극진히 위로한다.

그때 무릉촌 장 승상 부인은 심 소저를 이별하고 애석한 마음을 이기지 못하여 심 소저 화상족자를 침상에 걸어 두고 날마다 징조를 경험하더니, 하루는 족자가 빛이 검어지며 화상에 물이 흐르거늘 부인이 놀라 이르기를,

"인제는 죽었구나!"

슬픔을 못 이기어 간장이 끊기는 듯, 가슴이 터지는 듯 기막혀 울음 울 때, 이윽고 족자 빛이 완연히 새로우니 마음에 괴이하여,

'누가 건져 살려 내어 목숨이 살았는가?'

창해만리(滄海萬里)에 소식을 어찌 알리? 그날 밤 삼경 초에 승상 부인이 제사 채비를 갖추어서 시비로 하여금 들리고서 강가에 나가 백사장 정결한 곳에 술과 과일을 차려 놓고 축문을 높이 읽어 심 소저의 혼을 불러 위로하여 제사를 지낸다.

강촌에 밤이 들어 사면이 고요할 제,

"심 소저야, 심 소저야! 아깝도다, 심 소저야! 눈먼 너의

부친 어둔 눈을 띄우려고 평생 한이 되어 지극한 네 효성에 죽기로써 갚으려고 한 오라기 목숨을 스스로 판단하여 고기 배 속의 혼이 되니 가련하고 불쌍하구나. 하느님이 어이하여 너를 내고 죽게 하며, 귀신이 어이하여 죽는 너를 못 살리나? 네가 나지 말았거나, 내가 너를 몰랐거나, 살아서 멀리 있고 죽어서 이별하니 어인 일인고? 그믐이 되기 전에 달이 먼저 이울었고, 늦봄이 되기 전에 꽃이 먼저 떨어지니, 오동에 걸린 달은 뚜렷한 네 얼굴이 분명히 다시 온 듯, 이슬에 젖은 꽃은 선연한 네 태도가 눈앞에 내리는 듯, 대들보에 앉은 제비 아름다운 너의 소리 무슨 말을 하소연할 듯, 두 귀밑에 서린 털은 이를 따라 희어지고, 인간의 남은 해는 너로 하여 재촉하니, 무궁한 너의 수심 너는 죽어 모르건만 나는 살아 고생이다. 한잔 술로 위로하니 그윽하고 향기로운 넋은, 아, 슬프구나! 상향(尚饗)."

제문 읽고 분향할 때 하늘이 나직이 제문을 들으신 듯, 별과 달이 희미하니 수심에 겨운 듯, 강 위의 젖은 안개 오색구름 어리는 듯, 물결이 잔잔하니 어룡(魚龍)이 느끼는 듯, 청산이 적적하니 날짐승이 서러워하는 듯, 평평한 모래밭에 잠든 백구(白鷗) 놀라 깨어 머리 들고, 등불 단 어선들은 가는 길 머무른다. 부인이 눈물 씻고 제물을 물에 풀 때 술잔이 굴렀으니 소저의 혼이 온 듯, 부인이 한없이 서러워 집으로 돌아오시어 그 이튿날 재물을 많이 들여 물가에 높이 모아 망녀대238)를 지어 놓고 매월 초하루와 보름으로 삼 년까지 제사 지낼 제, 때가 없이 부인께서 망녀대에 올라앉아 심 소저를 생각하더라.

그때 심 봉사는 무남독녀 딸을 잃고 모진 목숨 아니 죽고 근근이 부지할 때, 도화동 사람들이 심 소저 지극한 효성으로 물에 빠져 죽은 일을 불쌍히 여겨 망녀대 지은 옆에 타루비239)를 세우고 글을 지어 새겼으니,

앞 못 보는 그 아버지를 위하는 마음으로, 몸을 버려 효를 이루어 용궁으로 갔네. 물안개 피는 깊고 푸른 바다 만 리 길에, 강의 봄풀은 해마다 푸르고 한은 끝이 없네.240)

---

238) 망녀대(望女臺) : 죽은 여자를 그리워해 지은 누각. 한(漢)나라 무제(武帝)가 강충(江充)의 무고 사건에 억울한 누명을 쓰고 자살한 여태자(戾太子)를 기리기 위해 누대를 지은 것에서 유래했다.

239) 타루비(墮淚碑) : 죽은 사람을 추모해 눈물을 흘리며 슬퍼한다는 내용의 비석. 전라도 여수 좌수영 터에 충무공 이순신 장군을 추모하기 위해 선조 36년(1603) 부하들이 세운 타루비가 있다.

240) 앞… 없네 : 원문은 "심위기친쌍안할(心爲其親雙眼瞎)하여, 살신성효사용궁(殺身成孝謝龍宮)을, 연파만리심심벽(煙波萬里深深碧)하

강 머리에 세워 놓으니 왕래하는 행인들이 그 비문의 글을 보고 눈물 아니 짓는 이 없더라.

　도화동 사람들이 심 봉사의 전곡을 착실히 관리하여 의식이 넉넉하고 형세가 차차 늘어가니 동네에 뺑덕어미라 하는 년이 행실이 괴악한데, 심 봉사 살림살이 넉넉한 줄 알고 자원하고 첩이 되어 심 봉사와 사는데, 이년의 버릇이 아주 사람 중에 망종241)이었던 것이었다.

　심 봉사의 살림살이를 결딴내는데, 쌀을 주고 엿 사 먹고, 벼를 주고 고기 사기, 잡곡일랑 돈을 사서 술집에 가 술 먹기와 이웃집에 밥 붙이기, 빈 담뱃대 손에 들고 보는 대로 담배 청하기, 이웃집 욕 잘하고 동무들과 싸움 잘하고, 정자 밑에 낮잠 자기, 술 취하면 한밤중에 목을 놓고 울음 울고 동리 남자 유인하고, 일 년 삼백육십 일을 입을 잠시도 안 놀리고 집안의 살림살이를 홍시 빨 듯 홀짝 없이한다. 심 봉사는 수년 홀로 지내던 터라 그중 부부의 즐거움이 있어서 죽을 둥 살 둥 모르고 밤낮없이 삯 받고 관

---

니, 강초년년한불궁(江草年年恨不窮)."

241) 망종(亡種) : 행실이 아주 나쁜 몹쓸 종자.

가 일하듯 하되, 뺑덕어미 마음먹기로 형세를 털어먹다 이삼 일 양식할 만큼 남겨 놓고 도망할 작정으로 오뉴월 까마귀 돌수박 파먹듯 불쌍한 심 봉사 재물을 주야로 퍽퍽 파던 것이었다.

 하루는 심 봉사가 뺑덕어미를 불러,

 (봉) "여보시오, 우리 형세가 매우 착실하더니 지금 남은 살림이 얼마 아니 된다고 하니 내 도로 빌어먹기 쉬운즉 차라리 타지에 가서 빌어 먹세. 본촌에는 부끄럽고 남의 책망 어려우니 이사하면 어떠하리?"

 (뺑) "나야 가장이 하라는 대로 하지요."

 (봉) "당연한 말이로세. 동리에 남은 빚이나 없는가?"

 (뺑) "내가 줄 것 조금 있소."

 (봉) "얼마나 되는가?"

 (뺑) "뒷동리 높은 주막에 가 해장한 값이 마흔 냥."

 심 봉사 어이없어,

 (봉) "잘 먹었다. 또 어디?"

 (뺑) "저 건너 불똥이 조카님께 엿 값이 서른 냥."

 (봉) "잘 먹었다."

 (뺑) "또 안촌 가서 담뱃값이 쉰 냥."

 (봉) "그것 참 잘 먹었네."

 (뺑) "기름 장수한테 스무 냥."

(봉) "기름은 무얼 했나?"

(뺑) "머릿기름 했지요."

(봉) "실상 얼마 아니 되네."

(뺑) "그까짓 것 무엇 많소?"

얼마간 집물242) 남은 것을 헐값에 방매하여 사방에 셈하고 나머지 얼마 가지고 남부여대243)로 거처 없이 다니겠다.

그때 심 소저는 수정궁에 머무를 제, 하루는 하늘에서 옥진부인244)이 오신다 하니 심 소저는 누군 줄 모르고 일어서 바라보니, 오색구름이 하늘에 어렸는데 낭랑하고 맑은 풍악이 공중에 낭자하여 오른편에는 단계화(丹桂花), 왼편에는 벽도화, 청학백학 옹위하고 공작은 춤을 추고 기러기로 인도하여 천상선녀 앞을 서고 용궁신녀를 뒤를 서 엄숙하게 내려오니 보던 바 처음이라. 이윽고 내려와 교자로 좇아 옥진부인이 들어오며,

---

242) 집물(什物) : 집안 살림에 쓰는 갖가지 세간이나 그릇, 연장.

243) 남부여대(男負女戴) : 남자는 짐을 지고 여자는 짐을 인다는 뜻. 가난한 사람들이나 재난을 당한 사람들이 살 곳을 찾지 못하고 온갖 고생을 하며 이리저리 떠돌아다님을 비유적으로 이르는 말이다.

244) 옥진부인(玉珍夫人) : 하늘나라 광한전에 산다는 선녀.

"심청아, 너의 어미 내가 왔다."

심 소저 들어 보니 모친이 오셨거늘, 심청이 반겨라 하고 펄쩍 뛰어 내려가,

"애고, 어머니요!"

우르르 달려들어 모친 목을 덜컥 안고 기뻐하고 슬퍼하며 하는 말이,

"어머니, 나를 낳고 칠일 만에 세상을 떠나셔서 근근한 소녀 몸이 부친 덕에 아니 죽고 십오 세 당하도록 모녀간 천지 중한 얼굴을 모르기로 평생 한이 맺혀 잊을 날이 없삽더니, 오늘날 모시오니 나는 한이 없사오나 외로우신 아버지는 누굴 보고 반기실까?"

새롭고 반가운 정과 감격하고 급한 마음 어찌할 줄 모르다가 모시고 누에 올라 모친 품에 싸여 안겨 얼굴도 대보고 손발도 만지면서,

"젖도 이제 먹어 보세. 반갑고도 즐거워라."

즐거워하며 울음 우니 부인도 슬퍼하며 등을 툭툭 두드리며,

"울지 마라, 내 딸이야. 내가 너를 낳은 연후로 옥황상제 분부 급급하여 세상을 잊었으나, 눈 어두운 너의 부친 고생하고 사신 일 생각할수록 기막힌 중 버섯 같고 이슬 같아 열에 아홉은 죽을 네 목숨을 더욱 어찌 믿었으랴? 하

수정궁(水晶宮) 중에 모녀 상봉

늘이 도와주사 네 이제 살았구나. 안아 볼까? 업어 볼까? 귀하여라, 내 딸이야. 얼굴 생김새 웃는 모양은 너의 부친 흡사하고, 손길 발길 고운 것은 어찌 그리 나 같으냐? 어려서 크던 일을 네가 어찌 알랴마는 이 집 저 집 몇 사람의 동냥젖을 먹고 크니 그간의 너의 부친 고생을 알리로다. 너의 부친 고생하여 응당 많이 늙으셨지? 뒷동리 귀덕어미 네게 매우 극진하여 지금까지 살았느냐?"

심청이 여쭈오되,

"아버지께 들자와도 고생하고 지낸 일을 어찌 감히 잊으리까?"

부친 고생하던 말과 일곱 살에 자기가 나서 밥 빌어 아버지 모신 일, 바느질로 살던 말과 승상 부인 저를 불러 모녀 의를 맺은 후에 은혜가 태산같이 깊은 일과 선인 따라 오려 할 때 화상 족자 하던 말과 귀덕어미 은혜 말을 낱낱이 다 고하니, 부인이 그 말 듣고 승상 부인 치하하며 그렁저렁 여러 날을 수정궁에 머무를 때, 하루는 옥진부인이 심청에게 하는 말이,

"모녀간 이별할 맘 한량이 없건마는 옥황상제 처분으로 맡은 직분 허다하여 오래 지체 못하겠다. 오늘 나를 이별하고 너의 부친 만날 줄을 너야 어찌 알랴마는 후일에 서로 반길 때가 있으리라."

작별하고 일어나니 심청이 기가 막혀,

"아이고, 어머니! 소녀는 마음먹기를 오래오래 모실 줄로만 알았더니 이별 말이 웬 말이오?"

아무리 애걸한들 임의로 못할지라. 옥진부인이 일어서서 손을 잡고 작별하더니 공중으로 향하여 홀연 사라져 올라가니 심청이 하릴없이 눈물로 하직하고 수정궁에 머무르더라.

## 제8장 연꽃에 담겨 생환해 황후가 되니

심 낭자 출천대효를 심히 가상히 여기시어 수궁에 오래 둘 길 없어 사해용왕에게 다시 하교하시되,

"효녀 심 낭자를 연꽃 봉오리 속에 아무쪼록 고이 모셔 오던 길 임당수로 도로 내보내라."

역력히 이르시니 용왕이 영을 듣고 커다란 연꽃 봉오리 속에 심 낭자를 고이 모셔 임당수로 환송하니, 사해용왕, 각궁 시녀, 팔선녀를 차례로 하직하는데,

"심 낭자, 장한 효행 세상에 나가셔서 부귀영화를 만만세나 누리소서."

심 낭자 대답하되,

"죽은 몸이 다시 살아 여러 왕들의 은혜 입어 세상에 다시 가니 수궁의 귀한 몸이 내내 무탈하옵소서."

한 두 마디 말을 하니 갑자기 사라져 자취가 없다. 꽃봉오리 속에 심 낭자는 가는 곳을 모르다가 수정문 밖 떠나갈 제, 하늘에는 거센 바람이나 세찬 비 없고 바다는 파도가 일지 않고 잔잔한데, 삼춘(三春)에 해당화는 해수 중에 붉어 있고, 동풍에 푸른 버들 위수(渭水) 가에 드리웠는데, 고기 잡는 저 어옹은 시름없이 앉았구나. 한 곳에 다다

르니 햇빛이 밝고 사면이 광활하다. 사면을 둘러보니 용궁 가던 임당수라.

그때에 남경 장사 선인들이 심 낭자를 제사 지낸 후 그 장사에 이익을 남겨 돛대 끝에 큰 기 꽂고 웃음으로 담화하여 춤을 추고 돌아올 제, 임당수 당도하여 큰 소 잡고 동이 술과 각색 과일 차려 놓고 북을 치며 제사 지낸다.

두리둥, 두리둥 북을 그치더니 도사공이 심 낭자의 넋을 쳐들어 큰 소리로 부른다.

"출천대효 심 낭자 수중고혼(水中孤魂) 되었으니 애달프고 불쌍한 말 어찌 다하오리까? 우리 여러 선인들은 소저로 인연하여 억십만 냥 이익을 남겨 고국으로 가려니와 낭자의 꽃다운 넋이야 어느 때나 오시리까? 가다가 도화동의 소저 부친 평안한지 안부 문안하오리다. 심 낭자여, 심 낭자여! 수중고혼 되지 말고 극락세계 가옵소서! 고수레, 테테!"

하더니 사공도 울고 여러 선인들이 모두 다 울음을 울 때 해상을 바라보니 난데없는 꽃 한 송이 물 위에 둥실 떠오거늘 선인들이 내달으며,

"애야, 저 꽃이 웬 꽃이냐? 천상의 월계화냐, 요지(瑤池)의 벽도화냐? 천상 꽃도 아니요, 세상 꽃도 아니거늘 해상에 떴을 때는 아마도 심 낭자의 넋인 게다."

공론이 분분할 때 백운이 몽롱한 중 산뜻한 청의선관(靑衣仙官)이 공중에서 학을 타고 크게 외쳐 이르는 말이,

"해상에 떠 있는 선인들아, 꽃보고 헛말 마라. 그 꽃이 천상화(天上花)니 사람들에게 부디 말하지 말고 각별 조심 곱게 모셔 천자 전에 진상하라. 만일 그러지 않으면 뇌성보화천존245) 시켜 큰 벼락을 내리리라!"

선인들이 이 말 듣고 황겁하여 벌벌 떨며 그 꽃을 고이 건져 허릿간246)에 모신 후에 푸른 휘장 둘러치니 내외 체통 분명하다. 닻을 감고 돛을 다니 순풍이 절로 일어 남경(南京)이 순식간이라. 해안에 배를 매었겠다. 그때는 경진년(庚辰年) 삼월이라. 송 천자께서 황후 상을 당하시니 수많은 백성들과 십이제국 사신들이 황황급급 분주할 때, 천자 마음에 시름이 많아 각색 화초를 다 구하여 상림원247)에 채우시고 황극전(皇極殿) 앞으로 여기저기 심었더니,

---

245) 뇌성보화천존(雷聲普化天尊) : 도교의 최고신인 옥황상제에 버금가는 최고신으로 새롭게 등장한 신격이다. 하늘의 화복을 주관하고 인간과 만물을 관장하며 생살흥망(生殺興亡)의 권력을 집행한다.

246) 허릿간 : 배의 고물 쪽에 있는 칸. 선미창(船尾倉)

247) 상림원(上林苑) : 중국 장안(長安) 서쪽에 있었던 대규모 정원. 진시황이 건설하고 한 무제가 증축했다. 안에 36원(苑), 12궁(宮), 25관(觀)이 있고 진기한 동물이나 화초를 길렀다고 한다.

그 화초 장하도다.

　가벼운 걸음으로 물결을 타고 밝은 거울을 밟듯 하네.248) 가을 연못에 가득 핀 붉은 연꽃249), 달 뜨는 저녁 무렵에 은은한 향기 풍겨250) 소식 전하던 겨울 매화, 공자, 왕손과 향기로운 나무 아래251) 부귀로운 모란화, 배꽃 떨어져 땅에 가득해도 문 열지 않는252) 장신궁(長信宮) 중 배꽃, 촉나라 한을 못 이겨 피 토하며 우는 두견화,253) 노

---

248) 가벼운… 하네 : 원문은 "경보릉파답명경(輕步凌波踏明鏡)"으로 당나라 장문잠(張文潛)의 시 〈연화(蓮花)〉에서 차용했다.

249) 가을… 연꽃 : 원문은 "만당추수홍련화(滿塘秋水紅蓮花)"로 전라도 민요 〈화초 타령〉에서 차용했다.

250) 달 뜨는… 풍겨 : 원문은 "암향부동월황혼(暗香浮動月黃昏)"으로 송나라 시인 임포(林逋)의 〈산 속 동산의 작은 매화(山林園小梅)〉에서 차용했다.

251) 공자… 아래 : 원문은 "공자왕손방수하(公子王孫芳樹下)"로 당나라 시인 유정지(劉廷芝)의 〈흰머리 슬퍼하는 노인을 대신하여(代悲白頭翁)〉에서 차용했다.

252) 배꽃… 않는 : 원문은 "이화만지불개문(梨花滿地不開門)"으로 당나라 시인 유방평(劉方平)의 〈봄날의 원망(春怨)〉에서 차용했다.

253) 피 토하며 우는 두견화(杜鵑花) : 중국 촉(蜀)나라의 망제(望帝)가 신하의 배신으로 고국에서 쫓겨난 후 촉나라를 그리워하다 죽어서 된 새인 두견새가 밤새 피를 토하며 울어, 그 피로 붉은색으로 물들었다는 꽃이 두견화다.

랗고 희고 붉은 국화며 백일홍, 영산홍, 난초, 파초, 석류, 유자, 머루, 다래, 왜철쭉, 진달래, 맨드라미, 봉선화, 여러 화초 만발한데, 꽃 사이로 쌍쌍 범나비는 꽃을 보고 반갑게 여겨 너울너울 춤을 춘다.

천자 마음 크게 기뻐 꽃을 보고 사랑할 제, 남경 장사 선인들이 꽃 한 송이 진상하니 천자께서 보시고 크게 기뻐 옥쟁반에 받쳐 놓고, 구름 같은 황극전에 날이 가고 밤이 드니 시간 알리는 소리뿐이로다. 천자 취침하실 때에 비몽사몽간에 봉래선관[254] 학을 타고 분명히 내려와 손을 들어 읍(揖)하고 흔연히 여쭙되,

"황후 상사(喪事) 당하심을 상제께서 아옵시고 인연을 보내셨으니 어서 바삐 살피소서."

말을 마치지 못하여 깨어나니 꿈이라. 방을 배회하여 천천히 걷다가 궁녀들을 급히 불러 옥쟁반에 꽃송이를 살피시니, 보던 꽃 간곳없고 한 낭자가 앉았거늘 천자께서 크게 기뻐하여,

'어제는 고운 꽃이 쟁반 위에 놓였더니, 오늘은 선녀가 하늘에서 내려왔구나. 꿈인 줄 알았더니 꿈이 또한 실제

---

254) 봉래선관(蓬萊仙官) : 중국 전설에 신선이 산다는 삼신산(三神山) 중 하나인 봉래산의 신선.

인가?'

 이 뜻으로 기록하여 조정에 내리시니 삼정승과 육상서, 만조백관 문무제신들이 일시에 들어와 복지(伏地)하니, 천자께서 하교하시되,

 "짐이 어젯밤에 꿈을 꾸어 하도 심히 기이하기에 오늘 선인들이 진상하던 꽃송이를 살펴보니 그 꽃은 간곳없고 한 낭자가 앉았는데 황후의 기상이라. 경들 뜻은 어떠한고?"

 문무제신들이 일시에 아뢰되,

 "황후 승하하심을 하늘이 아옵시고 인연을 보내셨으니 황후로 봉하소서!"

 천자 지극히 옳게 여겨 일관(日官)을 시켜 택일할새, 음양부장,255) 생기복덕,256) 삼합덕일257) 가려내어 심 낭자로 황후를 봉하시니, 요지복색258) 칠보화관,259) 십장생

---

255) 음양부장(陰陽不將) : 음양이 서로 방해되지 않다. 혼사의 길일.

256) 생기복덕(生氣福德) : 생기법으로 본 길일(吉日)과 사람이 태어난 생년월일의 간지(干支)를 주역(周易)의 팔괘(八卦)로 나누어 가린, 길한 일진(日辰)의 날.

257) 삼합덕일(三合德日) : 사주(四柱)에서 서로 다른 세 개의 오행이 만나는 길일.

258) 요지복색(瑤池服色) : 신선 세계의 요지(瑤池)에서 잔치할 때 입

(十長生) 수복(壽福) 놓아, 진주 옥패, 순금 쌍학, 봉미선260)에 월궁항아 하강한 듯, 전후좌우 상궁 시녀 녹의홍상(綠衣紅裳) 빛이 나네. 낭자의 화관족두리며 봉채,261) 죽절,262) 밀화불수,263) 산호가지, 명월패,264) 울금향(鬱金香), 당의, 원삼265) 좋은 품질로 단장하니 황후 위의266) 장하도다. 층층이 모신 선녀 광한전 모시는 듯 청홍백수 비단 차일 하늘 닿게 높이시고 금수복 용문석,267) 공단 휘장, 금병풍에 많은 자손 흐뭇하고 굉장하다. 금 촛대에 홍초

---

는 것처럼 화려한 복색.
259) 칠보화관(七寶花冠) : 칠보로 꾸민 여자의 화관. 대례복에 갖추어 쓴다.
260) 봉미선(鳳尾扇) : 봉황의 꼬리 모양으로 만든 의장용 부채.
261) 봉채(鳳釵) : 봉황의 모양을 새긴 큼직한 비녀. 봉잠(鳳簪).
262) 죽절(竹節) : 대나무 가지 모양으로 만든 비녀 혹은 대로 만든 비녀.
263) 밀화불수(蜜花佛手) : 호박으로 부처의 손같이 만든 여자의 패물로 삼작노리개의 하나.
264) 명월패(明月牌) : 둥근 달처럼 생긴 패.
265) 당의(唐衣)·원삼(圓衫) : 모두 부녀 예복의 일종.
266) 위의(威儀) : 위엄 있고 엄숙한 태도나 차림새.
267) 금수복(金壽福) 용문석(龍紋席) : 금실로 수복(壽福)을 새기고 용의 무늬를 수놓아 짠 돗자리.

나라에 경사가 많으니 좋을시고, 황극전(皇極殿)에 심 황후

꽂고 유리 만호 좋은 옥병 굽이굽이 진주로다. 난봉공작(鸞鳳孔雀), 짖는 사자, 청학백학 쌍쌍이요, 앵무 같은 궁녀들은 기를 잡고 늘어섰다. 삼태육경(三台六卿) 만조백관 동서 편에 갈라서서 읍양(揖讓) 진퇴하는 거동, 이부상서 함을 지고 납채268)를 드린 후에 천자 위의 볼작시면, 훤칠하게 잘생긴 얼굴 아름다운 수염에 눈썹 사이에 강산의 정기를 띠었고, 배에는 천지의 조화를 숨겼으니 황하수(黃河水) 다시 맑아 성인이 나셨도다. 면류관 곤룡포에 양 어깨에 일월(日月) 붙여 하늘 위의 해와 달과 별을 응했고, 상의 오복을 갖추었다. 혼례를 마친 후에 낭자를 황금 가마에 고이 모셔 황극전에 드실 때, 위의 예절이 거룩하고 장하도다. 심 황후 어진 성덕이 천하에 가득하니 조정의 문무백관, 각 성의 자사(刺史), 열읍 태수, 억조창생 인민들이 땅에 엎드려 축원하되,

"우리 황후 어진 성덕 만수무강하옵소서!"

이때 심 봉사는 딸을 잃고 실성하여 날마다 탄식할 때, 봄이 가고 여름 되니 녹음방초 한이 되고 가지가지 우는 새는 심 봉사를 비웃는 듯, 산천은 막막한데 궂은비는 무

---

268) 납채(納采) : 신랑 집에서 신부 집에 혼인을 청하는 의례.

슨 일이며, 사립문은 적적한데 물소리도 처량하다. 도화동 안팎 동리 남녀노소 모두 와서 안부 물어 정담하고 딸과 같이 놀던 처녀 종종 와서 인사하나, 서러운 마음 첩첩하여 아장아장 들어오는 듯, 앞에 앉아 말하는 듯, 착한 일과 공경하던 말소리를 일시라도 못 잊겠고 잠시라도 못 견딜 제, 눈앞에서 딸을 잃고 목석같이 살았으니 이런 팔자 또 있는가? 이렇듯 눈물 흘릴 때, 이때 심 황후는 귀중한 몸이 되었으나 앞 못 보는 부친 생각 무시로 비감하시어 홀로 앉아 탄식한다.

"불쌍하신 우리 부친, 생존하셨는가? 별세하셨는가? 부처님이 영험하시어 그간에 눈을 뜨시어 천지일월 다시 보시나? 나를 잃고 실성하시어 정처 없이 다니시나?"

이렇듯 탄식할 때, 천자께서 내전(內殿)에 드시어 황후를 보옵시니 두 눈에 눈물이 서리었고 옥면에 수심이 쌓였거늘 천자가 물으시되,

"황후께서 미간에 수심이 가득 찼으니 무슨 일인지요?"

물으시니 심 황후 꿇어앉아 나직이 여쭙되,

"신첩이 근본 용궁 사람이 아니오라 황주 도화동 사옵는 심학규의 딸이온데, 첩의 부친 눈이 멀어 철천지원(徹天之冤)이 되었사옵니다. 그런데 몽운사 부처님께 공양미 삼백 석을 향안269)에 시주하면 감은 눈을 뜬다 하기에, 가

세는 빈한하고 마련할 길이 전혀 없어 남경 장사 선인들에게 삼백 석에 몸이 팔려 임당수에 빠졌더니, 용왕의 덕을 입어 인간으로 생환하여 이 몸은 귀히 되었사오나 천지 인간 병신 중에 소경 제일 불쌍하오니, 특별히 통촉하시고 천하에 칙서를 내려 맹인 불러 올려 음식을 내려 주시면, 첩의 천륜(天倫)을 찾을 날이 있을까 하며 또한 국가의 태평한 경사가 아니오리까?"

황제 칭찬하시되,

"황후는 과연 여자 중에 지극한 효자로소이다."

즉시 가까운 신하를 특별히 불러 연유를 하교하시어 금월 보름에 황성(皇城)에서 맹인 잔치를 여신다는 칙지(勅旨)를 선포하니, 각 성, 각 현에서 곳곳마다 거리거리 게시하여 노소 맹인들을 황성으로 올려 보내니, 그중에 병든 소경 약을 먹여 조리시켜 올려 보내고, 그중에 다리병신 말을 태워 올려 보내고, 그중에 재산이 넉넉한 자 여기저기 청을 넣어 빠지려다 사정이 드러나면 볼기 맞고 올라가고, 젊은 맹인 늙은 맹인 일시에 올라가는구나.

---

269) 향안(香案) : 제사 지낼 때 향로나 향합을 올려놓는 상.

## 제9장 맹인 잔치 가는 길, 멀고도 험하구나

 이때 심 봉사는 심청 생각 간절하여 강 머리에 나가 심청 가던 길을 찾아 강변에 홀로 앉아 딸을 부르며 우는 말이,

 "내 딸 심청아, 너는 어이 못 오느냐? 임당수 깊은 물에 네가 죽어 황천 가서 너의 모친 뵙거든 모녀간의 혼이라도 나를 어서 잡아가거라."

 이렇게 눈물 흘릴 때, 관가에서 사령(使令)이 심 봉사가 강 머리에서 운단 말을 듣고 강 머리로 쫓아와서,

 "여보, 심 봉사님. 관가에서 부르시니 어서 바삐 가옵시다."

 심 봉사 이 말 듣고,

 "나는 아무 죄가 없소."

 사령이 하는 말이,

 "황성에서 맹인님네를 불러 올려 벼슬도 주고 좋은 땅과 재산을 많이 준다니 어서 급히 관가로 갑시다."

 심 봉사 사령 따라 관가에 들어가니 관가에서 분부하되,

 "황성서 맹인 잔치 하신다니 어서 급히 올라가라."

 심 봉사 대답하되,

"옷 없고 노자 없어 황성 천 리 못 가겠소."

관가에서도 심 봉사 일을 다 아는지라, 노자 내어 주고 옷 한 벌 내어 주며,

"어서 바삐 올라가라."

하니, 심 봉사 하릴없어 집으로 도로 나와,

"뺑덕이네, 황성 잔치 내 갈 터이니 집안일 잘 살피고 나 오기를 기다리소."

뺑덕어미 하는 말이,

"여필종부(女必從夫)라니 가장 가는 데 나 아니 갈까? 나도 같이 가겠소."

심 봉사 그 말 듣고,

"자네 말이 하도 고마우니 같이 가 볼까? 건넛마을 김 장자 댁에 돈 삼백 냥 맡겼으니 그 돈 중에 오십 냥만 찾아 가지고 가세."

뺑덕어미 그 말 듣고,

"에그 봉사님, 딴소리하네. 그 돈 삼백 냥 벌써 찾아 이 달에 살구 값으로 다 없앴소."

심 봉사 기가 막혀,

(봉) "삼백 냥 찾아 온지 며칠 아니 되어 살구 값으로 없앴단 말이야?"

(뺑) "고까짓 돈 삼백 냥을 썼다고 그같이 노여워하나?"

(봉) "네 말하는 꼴 들어 본즉 귀덕이네 집에 맡긴 돈을 또 썼구나!"

뺑덕어미 몹쓸 년 대답하되,

"그 돈 오백 냥 찾아서는 떡 값, 팥죽 값으로 벌써 다 썼소."

심 봉사 기가 막혀,

"애고, 이 몹쓸 년아, 출천대효 내 딸 임당수에 마지막으로 갈 때 사후에 신세라도 의탁하라고 주고 간 돈, 네년이 무엇이라고 그 중한 돈을 떡 값, 살구 값, 팥죽 값으로 다 녹였단 말이냐?"

뺑덕어미 대답하되,

"그러면 어찌해요? 먹고 싶은 걸 안 먹을 수 있소?"

이년이 아양을 부리며,

"어쩐 일인지, 지난달과 이달에 내가 달거리를 거르더니 신 것만 구미에 당기고 밥은 아주 먹기 싫어요."

심 봉사 이말 듣고 깜짝 놀라,

"여보게, 그러면 태기(胎氣)가 있으려나 보네. 그러하니 신 것을 그렇게 많이 먹지. 그 애를 낳으면 그놈의 자식이 시큰둥하여 쓰겠나? 남녀 간에 하나만 낳소."

이렇듯 말을 하며,

"황성 잔치 같이 가세."

행장을 차릴 적에 심 봉사 거동 보소. 제주 양태[270] 굵은 베로 싸개 한 갓, 대갓끈 달아 쓰고, 편자[271] 넓은 헌 망건을 앞을 눌러 숙여 쓰고, 굵은 베 중치막에 무명 띠 눌러 띠고, 노잣돈 보에 싸서 어깨에 둘러메고, 소상반죽 지팡이를 왼손에 든 연후에 뺑덕어미 앞세우고 심 봉사 뒤를 따라 황성으로 올라간다.

 한 곳에 다다라 한 주막에 들어 자노라니, 그 근처에 황 봉사라 하는 소경이 뺑덕어미 잡것인 줄 인근 읍에 자자하여 한번 보기를 원했는데, 뺑덕이네가 으레 그곳 올 줄 알고 그 주인과 의논하고 뺑덕어미 유인할 때, 뺑덕어미 생각하되,

 '심 봉사 따라 황성 잔치 간다 해도 잔치 참여 못할 테요, 집으로 가자 하니 외상값에 졸릴 테니 집에 가도 살 수 없고, 황 봉사를 따라 가면 일신도 편하고 한철 살구는 잘 먹을 테니 황 봉사를 따라가리라.'

 하고 심 봉사의 노자 행장까지 훔쳐서 가지고 도망을 하였구나. 심 봉사는 아무 일도 모르고 식전에 일어나서,

---

270) 양태 : 갓의 밑 둘레 밖으로 둥글넓적하게 된 부분. 여기서는 제주산 말총으로 만든 양태를 말한다.
271) 편자 : 망건을 졸라매는 띠. '망건 편자'라고 부른다.

여필종부(女必從夫) 말이 좋다, 같이 가는 뺑덕어미

"여보게, 뺑덕어미! 어서 가세. 무슨 잠을 그리 자나?"

하며 말을 한들 수십 리나 달아난 계집이 어찌 대답이 있을 수 있나?

"여보 마누라, 마누라!"

아무리 이리 하여도 대답이 없어 머리맡을 더듬은즉 행장과 노자 싼 보가 없는지라. 그제야 도망한 줄 알고,

"에구, 이 계집이 또 도망하였구나."

심 봉사 탄식한다.

"여보게 마누라, 나를 두고 어디 갔나? 나도 가세. 나를 두고 어디 갔나? 황성 천 리 먼먼 길을 누구와 함께 동행하며 누굴 믿고 가잔 말인가? 나를 두고 어디 갔나? 애고애고, 내 일이야."

이렇듯이 탄식한다. 다시 생각하니,

'아서라. 그년 생각하는 내가 잡놈이다. 현철한 곽씨 부인 죽는 양도 보고, 출천대효 내 딸 심청과 생이별도 하였거든, 그 망할 년을 다시 생각하면 내가 또한 잡놈이다. 다시 그년을 생각하여 말을 하면 개아들이로다.'

하더니, 그래도 못 잊어,

"애고, 뺑덕이네!"

부르며 그곳에서 떠나더라.

한 곳에 다다르니, 이때는 어느 때인고? 오뉴월 더운 때

라. 덥기는 불과 같고 비지땀을 흘리면서 한 곳에 당도하니 맑은 시냇가에 멱 감는 아이들이 저희끼리 재담하며 멱 감는 소리가 나니 심 봉사도,

"에이, 나도 목욕이나 하겠다."

고의적삼 훨훨 벗고 시냇가에 들어앉아 목욕을 한참하고 물가로 나아가 옷을 입으려고 더듬어 본즉 심 봉사보다 더 시장한 도적놈이 다 집어 가지고 도망하였구나. 심 봉사 기가 막혀,

"애고, 이 좀도둑놈아! 내 것을 가져갔단 말이냐? 천지 인간 병신 중에 나 같은 이 뉘 있으리? 해와 달 밝았어도 동서(東西)를 내 모르니 살아 있는 내 팔자야, 어서 죽어 황천 가서 내 딸 심청 고운 얼굴 만나 보리라."

벌거벗은 알봉사272)가 불 같은 볕 아래 홀로 앉아 탄식한들 그 뉘가 옷을 줄까? 그때 마침 무릉태수(武陵太守)가 황성 갔다 오는 길인데, '물렀거라'는 소리 반겨 듣고,

'옳다, 저 관원에게 억지나 좀 써 보리라' 하고 벌거벗은 알봉사가 부자지만 움켜쥐고,

---

272) 알봉사 : '알'은 일부 명사 앞에 붙어 '겉을 싼 것이 다 벗겨진' 또는 '딸린 것이 없는'이라는 뜻을 더하는 접두사다. '알봉사'는 '입은 것이 없는 봉사'라는 의미다.

"아뢰어라, 아뢰어라! 급창273)아, 아뢰어라! 황성 가는 봉사로서 발괄274)차로 아뢰어라!"

행차가 머무르고,

"어디 사는 소경이며, 어찌 옷은 벗었으며, 무슨 말을 하려는가?"

심 봉사 여쭈오되,

"예ㅡ, 소맹275)이 아뢰리다. 소맹은 황주 도화동 사는데, 황성 잔치 가다가 하도 덥기에 이 물가에 멱을 감다 의복과 행장을 잃었사오니 세세히 찾아 주십시오."

행차가 놀라 들으시고,

"그러면 무엇무엇 잃었느냐?"

심 봉사 착한 마음에 거짓으로 말을 하여 의복을 좀 얻어 입을까 하고 당치도 않게 아뢰겠다.

"한 냥쭝 순금 동곳276) 천은277)으로 끝을 물려 빼 놓은

---

273) 급창(及唱) : 군아(郡衙)에서 부리는 사내종. 원의 명령을 받아 큰 소리로 전달하는 일을 맡았다.

274) 발괄 : 억울한 사정을 관아에 말이나 글로 하소연하는 일. 이두 표기로 '白活'이라 쓴다.

275) 소맹(小盲) : 맹인이 높은 사람에게 자신을 낮추어 이르는 말.

276) 동곳 : 상투를 튼 정수리에 상투가 풀어지지 않도록 고정시키기 위해 꽂는 장신구. 양반층은 주로 금·은·옥·밀화·호박·마노·비

채 잃었사옵고, 석성망건,278) 대모관자,279) 호박풍잠280) 단 채 잃고, 게알 같은 정주탕건281) 대모 메뚜기282) 단 채 잃고, 삼백 돌림 통량갓283)에 호박 갓끈 단 채 잃고, 새로 꾸민 고은 베 직령284) 남창의285) 받쳤는데 도홍색 술띠 맨 채 잃고, 당생초286) 겹저고리 베등거리287) 받쳐 잃고, 고

---

취 · 산호 등을 사용했고, 일반 서민은 나무나 뿔을 사용했다.

277) 천은(天銀) : 가장 좋은 품질의 은.

278) 석성망건(石城網巾) : 망건의 명산지 충남 부여의 석성(石城)에서 만들어진 망건.

279) 대모관자(玳瑁貫子) : 거북 등뼈로 만든 관자. 관자는 망건에 달아 망건 줄을 꿰는 작은 고리다.

280) 호박풍잠(琥珀風簪) : 호박으로 만든 풍잠. 풍잠은 망건(網巾)의 중앙에 다는 지름 4cm 내외의 타원 또는 반달 모양의 장식물이다.

281) 정주탕건(定州宕巾) : 탕건의 명산지 평안도 정주에서 만든 탕건.

282) 메뚜기 : 탕건(宕巾), 책갑, 활의 팔찌 따위에 달아서 물건이 벗어지지 않도록 하는 기구. 흔히 뿔이나 댓개비 등을 깎아서 만든다.

283) 통량갓 : 갓의 명산지 경남 통영(統營)에서 만든 갓. 통영갓.

284) 직령(直領) : 조선 시대 무관들이 입던 웃옷의 하나. 깃이 곧고 뻣뻣하며 소매가 넓다.

285) 남창의(藍氅衣) : 남색 창의. 창의는 벼슬아치가 평상시 입던 웃옷으로 소매가 넓고 솔기가 갈라져 있다.

286) 당생초(唐生綃) : 삶지 않은 명주실로 얇게 짠 옷감.

은 모시 고의 남색 허리띠 끼워서 잃고."

심 봉사가 비스듬 당치않게 아뢰겠다.

"돈피288) 풍차 만선두리289) 양피 배자290) 모두 잃고, 집채 같은 호달마291)에 청천 다래,292) 은엽등자,293) 녹피(鹿皮) 다래, 쌍걸낭294)에 노자 재물 오십 냥과 소상반죽 지팡이에 백통 장식한 채 잃고, 외점박이 대모 안경, 천은 매기 대모 침통(鍼筒), 바소,295) 경락296) 은·동침(銀銅

---

287) 베등거리 : 등을 덮을 정도로 걸쳐 입는 베로 만든 홑옷.

288) 돈피(獤皮) : 담비 종류의 모피를 통틀어 이르는 말.

289) 만선두리 : 벼슬아치가 겨울에 예복을 입을 때 추위를 막기 위해 머리에 쓰던 방한구.

290) 배자(褙子) : 저고리 위에 덧입는, 단추와 소매가 없는 조끼 모양의 옷.

291) 호달마(胡達馬) : 중국에서 나는 질 좋은 말.

292) 다래 : 흙이나 물이 튀는 것을 막는 마구(馬具)의 일종. 장니(障泥).

293) 은엽등자(銀葉鐙子) : 은으로 잎 모양을 새긴 등자. 등자는 말의 안장에 달아 양쪽 옆구리에 늘어뜨려 발을 디디는 발걸이다.

294) 쌍걸낭 : 걸낭은 몸에 차지 않고 말에 걸어 두는 큰 주머니.

295) 바소 : 곪은 상처를 째는 데 쓰는 침.

296) 경락(經絡) : 몸 안에서 기혈(氣血)이 순환하는 통로 또는 그 통로가 몸 거죽에 드러난 자리. 온몸에 영양을 공급하고 온몸을 하나의 통일체로 연결시키는 역할을 한다.

鍼)을 하나 가득 든 채 잃고, 심지어 푼돈까지 모두 다 잃었사오니 세세히 찾아 주십시오."

행차가 분부하되,

"미친 소경이로고. 네 이 소경 말 들어라! 외점박이 대모 안경 네 눈에 당한 게며, 소경 놈이 사람을 얼마나 죽이려고 바소, 경락 은·동침이 네 몸에 당한 게며, 말 탄 놈이 지팡이가 당한 게며, 유월 염천(炎天) 더운 때에 돈피 휘양, 양피 배자 당한 게냐? 도무지 무소297)로다."

심 봉사 그제야,

"예-, 소맹 아뢰리다. 딸이 죽어 환장한 마음이 성치 못하여 정신이 혼미한 고로 황송하게 되었사오나 어지신 행차 덕분에 살려 주시기 바라나이다."

행차가 분부하되,

"네 소위는 불측하나 옷 한 벌 주는 게니 어서 입고 황성 가라."

급창을 불러 분부하되,

"너는 벙거지 써도 탈 없으니 갓 벗어 소경 주어라."

"가마꾼 수건 쓰고 망건 벗어 소경 주어라."

---

297) 무소(誣訴) : 일을 거짓으로 꾸며 관청에 고소함.

심 봉사가 잃은 옷보다 한결 나은지라, 백배사례하고 황성으로 올라갈 때 자탄하며 올라가는데,

"어이 가려나. 내 어이 가려나? 오늘은 가다가 어디 가서 자며, 내일은 가다가 어디 가서 잘까? 조자룡(趙子龍) 강을 건너던 청총마(靑驄馬)나 탔으면 오늘 황성 가련마는 바싹 마른 내 다리로 몇 날 걸어 황성 갈까?"

이렇듯이 자탄하며 녹수경 이른 지라. 낙수교 건너갈 때,[298] 길에서 어떠한 여인이 묻는 말이,

(여) "게 가는 게 심 봉사요? 나 좀 보오,"

심 봉사 생각하되,

'이 땅에서 나를 알 리 없건마는 괴이한 일이로다.'

그 여인을 따라가니 집이 또한 굉장한데, 저녁을 드리는데 음식 또한 기이하다. 저녁을 먹은 후에 그 여인이,

"봉사님, 나를 따라 내당(內堂)으로 들어갑시다."

심 봉사 하는 말이,

'여보, 무슨 우환 있소? 나는 점도 못하고, 경(經)도 못

---

[298] 녹수경… 때 : 당나라 시인 송지문(宋之問)의 〈소주에서 일찍 출발하니(早發韶州)〉에서 "진나라 서울로 가는 길에 푸른 나무들(綠樹秦京道), 낙수의 다리엔 푸른 구름(靑雲洛水橋)"을 차용해 황성을 '녹수경(綠樹京)'으로 다리를 '낙수교(落水橋)'로 묘사했다. 민요에도 "녹수진경 낙수교"라는 표현이 관용 어구로 등장한다.

읽소."

여인이 대답하되,

"잔말 말고 내당으로 갑시다."

심 봉사 생각에,

'애고, 암만 해도 보쌈[299])에 들었나 보다.'

안으로 들어가니 어떠한 부인인지 은근히 하는 말이,

(여인) "당신이 심 봉사요?"

(봉) "그러하오. 어찌 아시오?"

여인이 하는 말이,

"아는 도리가 있지요. 내 성은 안(安)가요. 열 살 전에 눈이 멀어 어느 정도 복술[300])을 배웠더니, 스물다섯 살 되도록 배필을 아니 얻기는 징험한 일이 있기로 출가를 아니 하였는데, 간밤에 꿈을 꾼즉 하늘에서 일월이 떨어져 뵈거늘 생각에 일월은 사람의 안목(眼目)이라. 내 배필이 나와 같은 소경인줄 알고, 물에 잠기거늘 심(沈)씨인 줄 알고

---

299) 보쌈 : 과부를 밤에 몰래 보자기에 싸서 데려다가 부인이나 첩으로 삼던 일. 또는 양반집 딸이 둘 이상의 남편을 섬겨야 될 기구한 팔자일 때, 그 팔자를 때우려고 총각을 몰래 보에 싸서 잡아다가 딸과 재운 다음 죽이던 일을 일컫는다.

300) 복술(卜術) : 점을 치는 방법이나 기술.

청하였사오니 나와 인연인가 하나이다."

심 봉사 속마음으로 좋아서,

"말이야 좋지마는 그러기를 바라겠소?"

그날 밤에 안씨 맹인과 동침하고 이튿날 일어나 앉아 심 봉사가 큰 걱정을 하니 안씨 맹인이 묻는 말이,

"우리가 백년배필을 맺었는데 무슨 걱정이 많으시오?"

심 봉사 이르는 말이,

"내 가죽을 벗겨 북을 메어 쳐 보이고, 낙엽이 떨어져 뿌리를 다 덮어 보이고, 화염(火焰)이 충천(衝天)한데 불에 데고 왕래하였으니 반드시 죽을 꿈이오."

안씨 맹인 생각하더니,

'꿈인즉 대몽(大夢)이오. 가죽을 벗겨 북을 만드니 북소리는 '궁(宮)' 하는 소리라, 궁 안에 들 것이요, 낙엽이 떨어져 뿌리로 돌아가니 부모와 자식이 서로 만남이라, 자식 만나 볼 것이요, 화염이 충천한데 불 데고 왕래하기는 몸을 운동하여 펄펄 뛰었으니 기꺼움 보고 춤출 일이 있겠소."

심 봉사 탄식한다.

"출천대효 내 딸 심청 임당수에 죽은 후에 어느 자식 상봉할꼬?"

이렇듯 탄식할 때, 안씨 맹인 만류하고 서로 작별한 연후에 심 봉사 길을 떠나 여러 날을 바삐 걸어 황성에 당도

하니, 각 도, 각 읍 소경들이 들어오거니 나오거니 각처 여각(旅閣)에 들끓나니 소경이라. 소경이 어찌 많이 왔던지 눈 성한 사람도 이상하게 거무충충하겠다. 심 봉사는 늦게 가서 방을 얻지 못하고 이부상서(吏部尙書) 댁 대문 밖 방앗간에서 누워 자노라니 날이 새어 새벽 초에 그 댁 하님301)네가 아침 방아 찧으려고,

"애고, 이 소경 물러나오. 방아 좀 찧어 보세."

노소 하님이 달려들어 덜커덩 덜커덩 방아 찧으며,

"어-유아 방아요, 이 방아가 뉘 방안가? 강태공의 조작방아302), 어-유아 방아요!"

〈방아 타령〉에 우스운 말이 많지마는 너무 잡되어서 다 뺐던 것이었다.

---

301) 하님 : 남의 집 여종을 높여 부르는 말.

302) 조작방아 : 예부터 잡신을 물리치고 방아 동티 사고를 막는 방법으로 디딜방아 몸체에 "경신년 경신월 경신일 경신시 강태공 조작(庚申年庚申月庚申日庚申時 姜太公造作)"이라는 문구를 썼다. 이는 부국강병, 병법뿐만 아니라,잡신을 제압하는 도술에 능한 전설적인 강태공(姜太公)이 태어난 때를 앞세워 잡귀가 해를 끼치지 못하게 함이었다.

## 제10장 부녀 상봉하고 눈을 뜨니

봉명(奉命)군사 거동 보소. 영기303)를 둘러메고 골목골목 외치는 말이,

"각 도, 각 읍 소경님네, 맹인 잔치 마지막이니 바삐 와서 참여하오!"

소리치며 외치고 가니 심 봉사가 바삐 떠나 궁 안을 찾아가니 수문장이 버티고 앉아 날마다 오는 소경 점고304) 하여 들일 적에,

이때에 심 황후는 날마다 오는 소경 거주성명을 받아 보되, 부친의 성명은 없으니 홀로 앉아 탄식한다. 삼천 궁녀들이 시위(侍衛)하여 크게 울지는 못하고 옥난간에 비껴 앉아 산호 발에 옥안 대고 혼잣말로 하는 말이,

"불쌍하신 우리 부친 생존하셨나, 별세하셨나? 부처님이 영험하여 그간에 눈을 떠서 소경 축에서 빠지셨나? 당년 칠십 노환으로 병이 들어 못 오셨나? 오시다가 노중에

---

303) 영기(令旗) : 군대의 명령을 전하러 가는 사람이 들고 가는 기.
304) 점고(點考) : 명부에 점을 찍어 가며 사람의 수효를 조사함.

오시나 못 오시나, 불쌍하신 우리 부친 장님 잔치에 오시는가

서 무슨 낭패 보셨는가? 나 살아 귀히 된 줄 아실 길 없으시니 어찌 아니 원통한가?"

이렇듯 탄식할 때, 말석에 앉은 소경 가만히 바라보니 머리는 반백인데 귀밑에 검은 때가 부친일시 분명하다.

"저 소경 이리 와 거주성명 고하여라!"

심 봉사가 꿇어앉았다가 탑전305)으로 들어가서 세세하고 원통한 사연을 낱낱이 말씀하되,

"소맹은 근본 황주 도화동에 사는 심학규이온데, 이십에 눈이 멀고, 사십에 상처(喪妻)하여 강보에 싸인 여식 동냥젖 얻어 먹여 근근이 길러 내어 십오 세가 되었는데 이름은 심청이라. 효성이 출천하여 그것이 밥을 빌어 연명하여 살아갈 때, 몽운사 부처님께 공양미 삼백 석을 지성으로 시주하면 눈 뜬단 말을 듣고 남경 장사 선인들께 공양미 삼백 석에 아주 영영 몸이 팔려 임당수에 죽었는데, 딸 죽이고 눈 못 뜨니 몹쓸 놈의 팔자 벌써 죽자 하였더니, 탑전에 세세하고 억울한 사정 낱낱이 아뢴 후에 목을 매어 죽자고 불원천리 왔나이다."

하며 머리가 허연 늙은이의 두 눈에서 피눈물이 흘러

---

305) 탑전(榻前) : 임금의 자리 앞.

내리며,

"애고, 내 딸 심청아! 혼이라도 아비를 생각하여 황성 잔치 오는 길에 네 혼도 왔을 테니 위에서 차려 내신 차담상을 같이 먹자!"

하며 땅을 치며 통곡한다. 심 황후 이 말 듣고 체면을 돌아보지 않고 전후 궁녀 물리치며 와락 뛰어 달려들어,

"애고, 아부지! 눈을 떠서 나를 보옵소서. 임당수 푸른 물결 속으로 삼백 석에 몸이 팔려 수궁 갔던 아부지 딸 심청이오! 눈을 떠서 나를 보옵소서!"

심 봉사 이 말 듣고,

"애고, 이게 웬 말이냐? 내 딸 심청이가 살았단 말이 될 말이냐? 내 딸이면 어디 보자!"

하더니 백운이 자욱하며 청학, 백학, 난봉(鸞鳳), 공작 운무 중에 왕래하며 심 봉사의 머리 위에 안개가 자욱하더니 심 봉사의 두 눈이 활짝 뜨이니 천지일월 밝았구나. 심 봉사가,

"애고, 어머니! 애고, 무슨 일로 양쪽 눈이 환하더니 세상이 허전허전하구나.306) 감았던 눈 뜨니 천지일월 반갑

---

306) 허전허전하다 : 주위에 아무것도 없거나 의지할 데가 없어서 자꾸 몹시 공허하고 서운하다.

도다."

　딸의 얼굴 쳐다보니 칠보화관 황홀하여 뚜렷하고 어여쁘구나. 심 봉사 그제야 눈 뜬 줄 알고 사방을 살펴보니 형형색색 반갑도다. 심 봉사 어찌나 좋은지 와락 뛰어 달려들어 딸의 손목 덥석 잡고,

　"애야, 이게 누구냐? 갑자 사월 초파일날 꿈속 보던 얼굴일세. 음성은 같다마는 얼굴은 초면일세. 얼씨구나, 지화자, 지화자! 이런 경사 또 있을까? 여보, 세상 사람들아, 고진감래 흥진비래(苦盡甘來 興盡悲來) 나를 두고 한 말일세. 얼씨구 좋을시고, 얼씨구 좋을시고, 지화자 좋을시고. 어둠침침 빈방 안에 불 컨 듯이 반갑고, 산양수 큰 싸움에 자룡 본 듯 반갑도다.307) 어둡던 눈을 뜨니 황성 궁중 웬일이며, 궁 안을 살펴보니 내 딸 심청 황후 되기 천천만만 뜻밖이지. 창해만리 먼먼 길에 임당수 죽은 딸이 세상으로 생환하여 황후 되고, 내 눈은 안맹한 지 사십여 년에 눈을 뜨니, 옛글에도 없는 말, 허허, 세상 사람들 이런 말 들었습니까? 얼씨구 좋을시고 이런 경사 어디 있나?"

---

307) 산양수(山陽水)… 반갑도다 : 산양수 큰 싸움은 조조와 유비 간의 '한중(漢中) 쟁탈전'인 산양대전(山陽大戰)을 가리킨다. 여기서 조자룡이 두드러진 활약을 보였다.

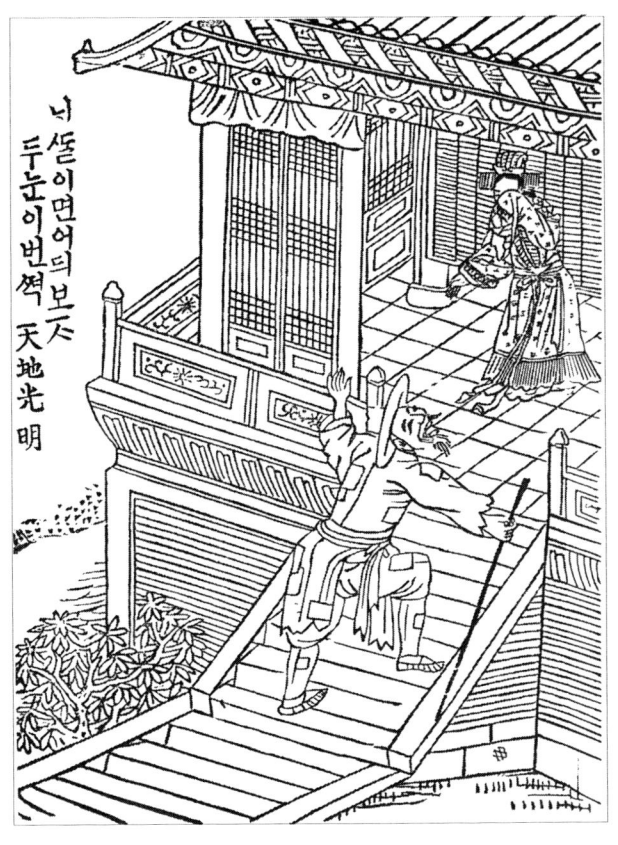

내 딸이면 어디 보자 두 눈이 번쩍, 천지광명(天地光名)

심 황후 크게 기뻐 삼천궁녀 옹위하여 내전으로 들어가니, 황제께서도 용안(龍顔)에 기쁨이 가득하여 심 봉사는 부원군(府院君)을 봉하시고 제일 좋은 집과 전답, 노비를 내리시고, 뺑덕어미와 황 봉사는 일시에 잡아 올려 엄중하게 징벌하시고, 몽운사 화주승을 한편 불러 올려 은 일천 냥 상급하시고, 몽운사는 나라의 절로 정하시고, 도화동 백성들은 여러 가지 부역을 줄여 주고, 심 황후 자라날 때 젖 먹여 주던 부인 가택을 내리시며 상금을 후하게 주고, 함께 자란 동무들은 궁 안으로 불러 올려 황후께서 보옵시고, 장 승상 댁 부인은 예를 갖추어 모셔 올려 궁중으로 모신 후에, 승상 부인과 심 황후와 서로 잡고 우는 모양은 천지도 감동이라. 승상 부인이 품 안에서 족자를 내어 심 황후 앞에 펼쳐 놓으니 그 족자에 쓰인 글은 심 황후의 친필이라. 서로 잡고 일희일비하는 모양은 족자의 화상도 우는 듯하다.

심 부원군이 선영(先塋)과 곽씨 부인 산소에 영분308) 한 연후에 도중에서 만난 안씨 맹인에게 칠십에 아들을 얻고, 심 황후 어진 성덕 천하에 가득하니 억조창생들은 만

---

308) 영분(榮墳) : 새로 과거에 급제하거나 벼슬을 한 사람이 조상의 묘를 찾아 풍악을 올리며 그 사실을 알리는 일.

세를 부르고 심 황후의 본을 받아 효자열녀가 집집마다 나는구나.

# 해 설

### 눈먼 아버지를 위한 자기희생과 구원

**심정순의 창을 듣고 산정한《강상련(江上蓮)》**

이해조가 '산정(刪正)'한 판소리 네 편중에《옥중화》를 제외한 나머지 세 편은 모두 '명창 심정순 구술(名唱 沈正淳 口述)'로 되어 있다.《옥중화》는 '구술'이 아닌 '명창 박기홍 조(名唱 朴起弘 調)'로 표기되어 직접 광대의 소리를 듣고 채록한 것이 아님을 보여 주지만, 다른 세 작품은 심정순의 소리를 직접 듣고 이를 산정한 것이라 밝히고 있다. 원래 '산정(刪定)'은 "글의 쓸데없는 자구를 없애고 다듬어서 글을 잘 정리한다"는 의미다. 이해조는 '산정(刪定)'의 '정(定)'을 '바르게 한다'는 뜻의 '정(正)' 자로 바꾸어서 쓸데없는 것을 '바로잡는다'는 의도를 명확히 했다.

그런데 왜《강상련(江上蓮)》을 비롯한 판소리 세 작품을 모두 '심정순'의 소리로 선택했을까? 심정순은 충청도 서산 출신으로, 전라도 지역에서 불린 '동편제(東便制)', '서편제(西便制)'와 달리 충청도 지역에서 불린 '중고제(中高制)'의 명창으로 당시 판소리와 가야금 병창으로 인기를 얻었다. 특히 '단정한 품행'으로 세간의 주목을 받았는데, 바로 이런 인간적인 품행에 주목해 심정순의 창을 《강상련》의 텍스트로 선택했던 것으로 보인다. 연재가 시작된 1912년 3월 17일 《매일신보》에 《강상련》을 이렇게 광고했다.

> 금일부터는 다시 명창 심정순(沈正淳)의 구연(口演)한 바 〈심청가〉를 해관자(解觀子)의 교묘한 산정(刪正)으로 연일 게재하여 심청의 효행으로 하여금 금일 세도인심(世道人心)에 모범되게 하되 인정(人情)의 기미(幾微)를 지상(紙上)에 활약케 하오니 여러 군자는 이 제1호부터 계속 애독하여 가정의 일조를 삼으시면 매우 다행입니다. (강조점은 인용자)

말하자면 《강상련》에 드러난 심청의 효행을 통해 "세상인심의 모범이 되게" 하겠다는 저술 의도를 드러낸 것이니, 여기에 맞게 품행이 단정해 모범을 보인 심정순의 창을 선택해 개작을 진행했던 것이다. 직접 창을 듣고 산정했기에 신문 연재에는 《옥중화》 연재에는 없는 중모리, 자진모리, 엇모리, 진양조 등의 판소리 장단 표시가 등장한다. 판소리의 연행 현장을 그대로 재현한 것이다.

하지만 신문 연재본에만 그렇고 후에 단행본으로 출판했을 때는 장단 표시를 빼고 문장체로 서술했다. 게다가 한문을 위주로 한글을 병기한 《옥중화》와 달리 《강상련》은 한글 위주로 표기했고, 필요한 부분에만 괄호 속에 한자를 넣어 완연한 한글 소설로 만든 것이다.

서두부터 "늦은 봄 피는 꽃은 곳곳이 만발인데, 정(情) 없이 부는 바람 꽃가지를 후려치니 낙화는 너울거리는 나비 같고 나비는 낙화같이 펄펄 날리다가 임당수 흐르는 물에 힘없이 떨어지니 아름다운 봄소식은 물소리를 따라 흔적 없이 떠내려간다"고 고전소설투를 벗어나 사건의 복선을 암시하는 배경 서술의 새로운 방식을 선보였다. 그러기에 단행본에는 '신소설'이라고 표시하기도 했다.

개작의 내용을 보면 우선 합리적이지 못하거나 비속한 사설을 축약하거나 변개했다. 심청의 탄생을 보면 곽씨 부인이 전국 명산대찰에 공을 들이는 부분이 있는데 작품에서는 "현철한 곽씨 부인이 이런 정당하지 않은 일을 했을 리가 있겠느냐? 이것은 모두 광대의 농담이었던 것이"라며 합리적인 해석을 했고, 저 유명한 〈방아 타령〉에서도 대부분 창본들은 음란한 사설이 추가되어 심 봉사의 골계적 면모를 부각시켰는데, 여기서는 "어-유아 방아요, 이 방아가 뉘 방안가? 강태공의 조작방아, 어-유아 방아요!"만 있고 "〈방아 타령〉에 우스운 말이 많지마는 너무 잡되어서 다 뺏"다고 작가가 개입해 삭제의 이유를 설명한다.

이는 곧 다소 골계적인 심 봉사라는 인물과 연결되는데, 《강상련》은 다른 창본에 비해 심 봉사의 위상이 상당히 격상되었다. "대대로 잠영지족(簪纓之族)으로 이름이 자자하더니, 집안이 몰락해 이십에 눈이 머니 서울 가서 벼슬할 길이 끊어지고, 높은 자리에 오를 일이 사라졌다"고 서술했다. 게다가 "근본 맹인이 아니라 이십 후 맹인이라. 속에 아는 것이 넉넉하"다고 덧붙였다. 말하자면 대대로 벼슬하던 집안인데 이십 후에 눈이 멀어 벼슬을 못하고 곤궁해졌지만 지식은 넉넉하다. 곽씨 부인이 죽었을 때는 "서럽고 억울한 사연을 하소연하는 축을 지어 심 봉사가 읽"기까지 했다. 게다가 심 봉사는 물론이고 곽씨 부인, 심청까지 집은 가난하더라도 나름대로 유식하고 교양을 갖춘 인물로 등장한다. 심청이 임당수 가는 길에 장 승상 부인에게 자신을 그린 화상 족자에 당시 심정을 "사람이 죽고 사는 게 한 꿈속이니, 정에 끌려 어찌 굳이 눈물을 흘리랴마는, 세간에서 가장 애끓는 것이 있으니, 풀 돋는 강남에 사람이 돌아오지 못하는 일이라(生寄死歸一夢間, 眷情何必淚珊珊? 世間最有斷腸處, 草綠江南人未還)"고 한시를 써 줄 정도였다.

고전의 전고(典故)와 한시가 유난히 많이 삽입된 것도 이와 무관하지 않아 보인다. 한 예를 보면, 심청이 배를 타고 임당수에 가기까지 이른바 '범피중류(泛彼中流)' 대목에 강과 관련된 온갖 누대와 그것을 소재로 한 한시들이 등장한다. 황학루(黃鶴樓)에는 최호(崔顥)의 〈황학루〉가, 봉황대(鳳凰臺)에는 이백(李白)의 〈등금릉봉화대(登金陵鳳凰臺)〉가, 심양강에는 백낙천(白樂天)의 〈비파행(琵琶行)〉이, 적벽강에는 소동파(蘇東坡)의 〈적벽부(赤壁賦)〉가, 진회수에는 두목(杜牧)의 〈박진회(泊秦淮)〉가 등장해 아름다운 경치를 시를 통해 묘사하고, 소상강(瀟湘江)에서는 이비(二妃)와 굴원(屈原), 오자서(伍子胥)와 초 회왕(懷王)을 만나 그들의 억울한 사연을 듣기도 한다. 강과 관련된 가슴 아픈 이별이나 억울한 죽음에 따른 사연인데, 이는 굴원의 입을 통해 "심 소저는 효성으로 죽고, 나는 충심으로 죽었으니 충효는 일반이라. 위로코자 나왔노라"고 할 정도로 임당수에 죽으러 가는 심청의 처지와 서로 통하기에 삽입된 것이다.

이해조는 나름대로 기준을 갖고 〈심청가〉를 산정 내지

는 개작했는데, 그 정황을《연의 각(燕의 脚)》의 예고에서 이렇게 말했다.

> 조선 재래로 전해 오는 타령 중 춘향가, 심청가, 박타령, 토끼타령 등은 본래 재주 있는 문장재사가 충효의열(忠孝義烈)의 좋은 취지를 포함하여 징악창선(懲惡彰善)하는 큰 기관(機關)으로 저술한 바인데, 광대의 학문이 부족함으로 인하여 한 번 전하고, 두 번 전함에 정대(正大)한 본뜻을 잃어버리고 음란천착(淫亂舛錯)한 말을 중언부익(贈言附益)하여 하등(下等) 무리의 찬성을 받을지언정 처음부터 지각한 사람의 타매(唾罵)가 날로 더하니 어찌 개탄할 바가 아니라 하리오. 이러므로 본 기자가 명창광대(名唱廣大)로 하여금 구술케 하고 축조산정(逐條刪正)하여 이미 춘향가(〈옥중화〉)와 심청가(〈강상련〉)는……박수갈채하심을 받았거니와…

예고에서 밝힌 작가의 개작 의도를 보면 광대들의 '음란천착(淫亂舛錯)한 말'을 바로잡기 위해《강상련》을 산정한 것이기에 음란한 사설이나 비합리적인 사건들을 고치고 인물을 보다 교양 있는 인물로 격상시킨 것으로 이해

된다. 이를 통해 《자유종》에서 밝힌 것처럼 '처량 교과서'인 〈심청가〉를 '정대(正大)한 본뜻'에 맞게 당당한 가정소설로 개작했던 것이다.


효인가, 불효인가

 그런데 눈먼 아비를 위해 임당수에 몸을 던지는 심청의 행위가 과연 효(孝)인가, 불효(不孝)인가? 아버지를 위해 몸을 바쳤으니 지극한 '효'임에는 틀림없지만, 자신의 몸을 죽음으로 내몰아 부모의 마음을 아프게 했으니 막대한 '불효'이기도 하다. 《강상련》에서도 장 승상 부인에게 "늙으신 아버지를 두고 죽는 것이 효도를 하려다 도리어 불효하는 줄을 모르는 바 아니로되 천명이니 어찌 할 도리가 없소"라고 '불효'인 것은 알지만 어쩔 수 없는 '천명(天命)'이라고 하소연할 정도다. 불효인 것은 분명하지만 자신의 행위를 정당화 해 줄 수 있는 논리가 필요했고, 그래서 인간의 힘으로는 어찌할 수가 없는 '천명'을 끌어온 것이다.
 효가 무엇인가를 설명한 《효경(孝經)》에 의하면 효의 기본은 "몸과 머리카락과 피부는 부모가 물려준 것(身體

髮膚受之父母)"이어서 부모가 물려준 몸을 그대로 보존하는 것이라 한다. 즉 아무 탈 없이 건강하게 지내는 것이야말로 효의 근본인 셈이다. 그런데 심청이는 부모가 물려준 그 귀중한 몸을 죽음으로 내몰았으니 이야말로 불효막심한 것이다. 자식이 부모보다 먼저 죽는 '참척(慘慽)'을 가장 큰 불효라 하지 않았던가. 그런데 효의 공식에 의거해 심청의 행위를 불효로 규정짓다 보면 뭔가 잘못됐다는 느낌을 떨칠 수 없다. 아니, 심청의 행위가 불효막심하다니! 작품에서도 심청을 일러 "하늘이 낸 큰 효녀"란 의미의 '출천대효(出天大孝)'라는 표현을 쓰고 있는데 심청의 행위가 어찌 불효인가?

그것은 심청의 행위를 효(孝)라는 유교의 개념으로 규정하려고하기 때문이다. 심청의 행위는 유교적 이데올로기(ideology)인 효로는 잘 설명되지 않는다. 당시 유교적 윤리 규범의 잣대로 따지다 보면 부모가 물려준 몸을 잘 보존해야 한다는 효의 입장과 부모를 위해 몸을 훼손하는 고귀한 자기희생은 개념상 서로 충돌한다. 그래서 유교적 윤리 규범이 아닌 인간의 본성으로 심청의 행위를 다시 들여다보아야 한다.

## 육친(肉親)에 대한 지극한 사랑과 자기희생

 공양미 삼백 석을 몽운사로 보내기로 이미 약속한 아버지를 위해 심청이 할 수 있는 일이 무엇이겠는가? 눈을 뜰 수 있다는 몽운사 화주승의 말에 앞뒤 헤아려 보지도 않고 부처님 앞에 덜컥 약속한 아버지를 원망할 수도 없는 노릇이다. 이미 엎질러진 물이고 쏘아 버린 화살이다. 심청이로서는 실낱같은 희망으로 공양미 삼백 석을 바치고 부처님의 기적을 바랄 수밖에 없는 처지가 되어 버렸다. 그런데 심 봉사 집안 꼴이 극도로 가난해 공양미 삼백 석은 고사하고 한 끼 식사조차 해결하기 어려운 처지다. 이제 공양미 삼백 석을 마련하기 위해 심청이 할 수 있는 일이라고는 유일한 재산인 자신의 몸을 파는 것이다.
 마침 남경 장사 선인들이 제수로 쓸 처녀를 구한다는 말을 듣고, "하늘이 낸 효녀인 심 소저 속마음에 반겨 듣고" 남경 선인 우두머리를 만나 "나는 이 마을 사람으로 우리 부친 눈이 멀어 세상을 분별 못하기에 평생에 한이 되어 하느님께 빌던 중 몽운사 화주승이 공양미 삼백 석을 불전에 시주하면 눈을 떠서 보리라 하되, 가세가 가난하여 주선할 길 없삽기로 내 몸을 팔아 소원 빌기 바라오니 나를 사는 게 어떠하오? 내 나이 십오 세라, 그 아니 적당하오?"라고 스스로 몸을 판 것이다.

심청이가 죽지 않고 공양미를 마련하는 방법이 없었을까? 나중에 이 사실을 알게 된 장 승상 부인이 자신이 삼백석을 내어 줄 테니 돌려주라 하지만 심청은 제의를 거절한다. 부모를 위해 정성을 드리는 것인데 어찌 남의 명분 없는 재물을 받을 수 있으며, 뱃사람들에게 이미 약속을 했으니 그것을 어길 수 없다고 한다. 정성을 드리고자 눈먼 아버지를 위해 자신이 스스로 희생 제물이 되고자 한 것이다.

결국 심청의 행위는 봉건적 윤리 규범인 '효'가 아니라, 기꺼이 자기희생을 감수하는 아버지에 대한 깊은 사랑 때문으로 이해해야 한다. 즉 온 동네를 돌아다니며 젖동냥을 해 죽을 수밖에 없었던 자신을 키워 준 눈 먼 아비에 대한 인간적 보답, 더할 수 없는 육친에 대한 사랑에서 비롯된 것이다. 그 부분을 〈심청가〉는 이렇게 증거한다.

> 심청이 거동 봐라. 바람 맞은 사람같이 이리 비틀 저리 비틀, 뱃전으로 나가더니 다시 한번 생각한다.
> '내가 이리 진퇴함은 부친의 정(情) 부족함이라!'
> 치마폭 무릅쓰고 두 눈을 딱 감고 뱃전으로 우루루루루루, 손 한번 헤치더니 강상으로 몸을 던져, 배 이마에 거꾸러져 물에 가 풍 (한애순 창본, 강조점은 인용자)

심청이가 죽기를 주저하다가 '부친의 정'을 생각하고 과감하게 바다에 몸을 던지는 장면이다. 심청이가 임당수에 빠지는 이 대목은 〈심청가〉의 '눈'이라 일컬어진다. 그만큼 슬프고도 처절하다. 그러기에 모든 사람들을 감동시킨다. 그 감동은 죽음 앞에 두려울 수밖에 없는 지극히 나약하고 인간적인 심청의 모습과 그럼에도 불구하고 아버지를 위해 자신의 몸을 던지는 고귀한 자기희생에서 비롯된다. 《강상련》에서 아버지를 부르며 물에 뛰어드는 장면을 보자.

"비나이다. 비나이다. 하느님 전 비나이다. 심청이 죽는 일은 추호도 서럽지 않으나 앞 못 보는 우리 부친 천지의 깊은 한을 생전에 풀려고 죽임을 당하오니 밝은 하늘이 감동하시어 우리 부친 어두운 눈을 오래지 않아 밝게 하여 대명천지 보게 하오!"

뒤로 펄썩 주저앉아 도화동을 향하더니,

"아버지, 나는 죽소! 어서 눈을 뜨옵소서!"

손 짚고 일어서서 선인들께 말을 하여,

"여러 선인 상고(商賈)님네, 평안히 가시고 억십만 금 이익을 얻어 이 물가를 지나거든 나의 혼백 넋을 불러 객귀 면하게 해 주오!"

　빛나고 고운 눈을 감고 치마폭을 무릅쓰고 이리저리 저리이리 뱃머리로 와락 나가 물에 풍덩 빠져 놓으니, 살구꽃은 풍랑을 좇고 밝은 달은 바다에 잠겼도다.

《강상련》에서는 선인들에게 당부까지 하고 자신의 몸을 임당수에 던진다. 이런 정황을 어찌 봉건적 윤리 규범인 효, 불효로 따질 수 있겠는가? 죽을 고생을 하며 자신을 키워 준 눈먼 아비를 위한 고귀한 자기희생인 것이다. 단순히 자기 몸을 보존해서 부모가 물려준 것을 지킨다는 유교적 윤리 규범인 효를 초월해 보다 이상적인 목표를 위해 자기를 희생하는 극단의 경우다. 바로 '살신성인(殺身成仁)'으로 대의나 옳은 일을 위해서 자신을 희생하는 것인데, 우리는 지나간 역사에서 이런 '고귀한 희생'의 장면들을 수없이 목격하지 않았던가!

## 희생에서 구원으로

　그러기에 심청의 고귀한 희생은 곧 심 봉사가 눈을 뜨는 구원으로 연결된다. 그 전환점이 되는 지점이 바로 앞서 살펴본 임당수 투신 대목이다. 심청이 임당수에 빠지는 순간을 "빛나고 고운 눈을 감고 치마폭을 무릅쓰고 이리저리 저리이리 뱃머리로 와락 나가 물에 풍덩 빠져 놓으니, 살구꽃은 풍랑을 좇고 밝은 달은 바다에 잠겼"다고 한다.

《강상련》에서 죽음에 임하는 심청의 태도는 결연하다. 여러 창본(唱本)에 많이 나타나는 인간적인 두려움이나 주저함은 잘 드러나지 않는다. 아버지의 눈을 뜨게 하기 위한 목적을 향해 과감하게 투신을 결행하기 때문이다. 더욱이 선인들에게 "여러 선인 상고(商賈)님네, 평안히 가시고 억십만 금 이익을 얻어 이 물가를 지나거든 나의 혼백 넋을 불러 객귀 면하게 해 주오"라고 작별 인사까지 할 정도다. 죽음을 각오하고 준비해 흔쾌히 받아들이고자 한다. 그런 의지는 이미 선인들에게 자신의 몸을 사라고 요구할 때부터 드러났었다. 그러니 죽음이라는 소실점을 향해 자신의 몸을 기꺼이 희생 제물로 바칠 수 있었던 것이다. 스스로 선택한 자아의 소멸이 시간의 종언을 뜻하는 것이 아니라는 사실을 일깨워 줌으로써 자아가 시간을 초월할 수 있다는 생각을 품게 만든 것이다.

이런 고귀한 희생의 대가는 바로 자신과 아버지의 구원일 것이다. 구체적으로는 심청이 용궁에서 환생해 뒤에 황후가 되고 아버지의 눈을 뜨게 하는 일이다. 우선 용궁 환생을 보자. 흔히 《심청전》은 임당수에 빠지는 대목을 중심으로 모진 고난이 계속되는 전반부와 다시 환생해 영화롭게 되는 후반부로 나눌 수 있어 U자형 구조로 이야기가 진행된다. 그 영광의 후반부는 다음과 같은 용궁 환생으로 그 서막을 연다.

> 사양타 못하여 교자에 앉으니 수정궁으로 들어갈 제, 수정궁으로 들어간다. 모습도 장할시고. 천상 선관 선녀들이 심 소저를 보려고 좌우로 벌여 섰는데, 태을진은 학을 타고, 안기생은 난조 타고, 적송자는 구름 타고, 갈선옹은 사자 타고, 청의동자 홍의동자 쌍쌍이 벌여 섰는데, 월궁항아, 서왕모며 마고선녀, 낙포선녀, 남악부인 팔선녀 다 모여들었는데, 고운 물색 좋은 패물 향기가 진동하고 풍악이 낭자하다. 왕자진의 봉피리, 곽처사의 죽장고, 농옥의 옥퉁소, 완적의 휘파람, 금고의 거문고, 낭자한 풍악 소리 수궁이 진동한다. 수정궁에 들어가니 집치레가 황홀하다. 천여 칸 수정궁이 호박 기둥, 백옥 주추, 대모 난간, 산호 주렴 광채 찬란하여 상서로운 기운이 공중에 서렸다. "진주와 자개 궁궐은 하늘 위 해와 달과 별처럼 빛나고, 곤룡포와 수놓은 옷에는 인간의 오복이 갖추어지리라." 동으로 바라보

니 삼백 척 부상(扶桑) 가지 뜨는 해에 붉어 있고, 남으로 바라보니 대붕이 날기를 다해도 물빛이 쪽빛과 같고, 서쪽으로 바라보니 늦은 밤 요지(瑤池)의 서왕모(西王母)가 내려오니 한 쌍의 파랑새가 날아들고, 북으로 바라보니 중원이 어디인가 멀리 바라보니 한 가닥 청산이 푸르렀다. 위로 바라보니 소매 안의 글 한 편을 다 아뢰고 나면 창생들의 재앙도 다 제하고, 아래로 바라보니 맑은 새벽 찬양하는 소리 자주 들리고 강과 물의 신들이 조회한다.

온갖 인물들과 악기들이 등장하는 완연한 용궁 축제의 한 마당이다. 그리해 심청은 저 깊은 물속 어두운 죽음의 세계에서 휘황찬란한 삶의 세계로 이렇게 화려하게 생환한 것이다. 이제 그동안 겪었던 모진 고난은 끝나고 광명의 세계가 그 앞에 펼쳐진다. 깊은 물에 들어감으로써 구질구질했던 과거를 씻어 버리고 깨끗하게 다시 태어난 것이리라.

실상 '심청(沈淸)'이란 이름 역시 '물에 잠겨 깨끗하게 되었다'는 뜻을 담고 있다. 많은 종교 의식에서 기독교의 세례처럼 물에 잠겨 죄를 씻어 내고 깨끗한 사람으로 다시 태어나는 것을 흔히 볼 수 있다. 초기 기독교에서는 세례

의식을 거행할 때 '침례(浸禮)'라고 아예 물속에 잠기게 했다고 한다. 지금도 침례교는 그렇게 의식을 거행한다. 불교에서도 부처님 오신 날 아기 부처를 물로 씻는다. 갠지스 강에서 더러운 육신을 씻어 내는 힌두교 신자들도 마찬가지다. 생명의 근원인 물은 곧 환생이나 부활과 같은 새로운 삶을 의미하기 때문이다.

그런데 심청의 자기희생과 환생은 묘하게도 기독교에서 달하는 고난에 찬 예수의 삶과 부활을 닮았다. 예수의 삶과 부활이 그러한 것처럼 심청은 지극히 고귀한 천상의 세계에서 인간 세상으로 내려와 모진 고난을 겪었다. 심청은 "저는 다른 사람이 아니오라 서왕모(西王母)의 딸이러니 반도(蟠桃) 진상 가는 길에 옥진 비자(婢子)를 잠깐 만나 노닥거리다가 시간이 좀 늦었기로 상제(上帝)께 죄를 얻어 인간 세상에 귀양"왔다고 한다. 고귀한 천상의 인물이 지상에 내려와 고난을 겪고 다시 그 영광을 회복하는 모습은 상당히 종교적이다. 그 전환점이 바로 아버지의 눈을 뜨게 하기 위해 희생을 감행하는 순간이다. 하지만 죽지 않고 용궁에서 환생하게 된다. 그리고 이후로는 영광의 꽃길만이 펼쳐진다. 아직도 눈을 뜨지 못한 아버지를 만나 드디어 눈을 떠서 밝은 세상을 보게 함으로써 구원의 여정은 마무리된다.

부녀 상봉과 심 봉사의 개안(開眼) 과정은 이를 잘 보여 준다. 용궁 환생이 앞으로 펼쳐질 영광된 삶의 서막이라면 부녀 상봉과 심 봉사의 개안은 그 절정에 해당된다. 그 장면을 보자.

> 심 황후 이 말 듣고 체면을 돌아보지 않고 전후 궁녀 물리치며 와락 뛰어 달려들어,
> "애고, 아부지! 눈을 떠서 나를 보옵소서. 임당수 푸른 물결 속으로 삼백 석에 몸이 팔려 수궁 갔던 아부지 딸 심청이오! 눈을 떠서 나를 보옵소서!"
> 심 봉사 이 말 듣고,
> "애고, 이게 웬 말이냐? 내 딸 심청이가 살았단 말이 될 말이냐? 내 딸이면 어디 보자!"
> 하더니 백운이 자욱하며 청학, 백학, 난봉(鸞鳳), 공작 운무 중에 왕래하며 심 봉사의 머리 위에 안개가 자욱하더니 심 봉사의 두 눈이 활짝 뜨이니 천지일월 밝았구나.

심청은 아버지임을 확인하자 체면을 돌보지 않고 궁녀들을 물리치며 심 봉사에게 와락 뛰어든다. 이 부녀 상봉이야말로 《심청전》의 절정으로 다시 심 봉사의 개안으로

마무리된다. 눈이 뿌옇게 구름 낀 것처럼 자욱하더니 순간 활짝 떠진 것이다. 말 그대로 광명의 세상을 맞이하는 순간이다. 그 정황을 "천지일월이 밝았"다고 한다.

그런데 완판본에서는 심 봉사 한 개인만 눈을 뜬 게 아니라 같은 순간 모든 맹인들이 눈을 뜨는, '천지개벽'의 세상이 열리는데, 《강상련》에서는 심 봉사 개인만 눈을 뜬 것이다. 모든 맹인이 눈을 뜨는 축제의 한 마당을 심 봉사 한 사람의 구원으로 집중해 합리적으로 산정한 것이다.

그래서 심 봉사는 이런 구원의 정황을 "창해만리 먼먼 길에 임당수 죽은 딸이 세상으로 생환해 황후 되고, 내 눈은 안맹한 지 사십여 년에 눈을 뜨니, 옛글에도 없는 말, 허허, 세상 사람들 이런 말 들었습니까?"라고 묻는다. 물에 빠져 죽은 딸이 살아와 황후가 되고, 눈먼 지 40여 년 만에 봉사가 눈을 뜬다는 사실은 어떤 기록에도 존재하지 않는 기적이고 있을 수 없는 일이다. 그러기에 이런 말을 들어 본 적이 있느냐고 묻는다. 고귀한 자기희생 뒤에 이어지는 구원의 결과는 이처럼 엄청난 기적으로 이어진 셈이다.

《심청전》의 이런 드라마틱한 이야기는 근대에 들어와 여러 공연물이나 영화로 변개됐는데, 한 예로 1972년 뮌헨 올림픽에서 개막작으로 상연됐던 신상옥 감독의 〈효녀 심청〉은 심청의 희생을 통해 모든 봉사가 눈을 뜨고 불구자가 정상으로 돌아왔으며 지독한 가뭄을 해소하는 단비가 내려 고통에서 해방되는 축제의 한 마당을 보여 주었다. 같이 공연됐던 윤이상의 오페라 〈심청〉에서도 "《심청전》 속에 숨어 있는 자기희생을 통해 타인을 구제하는 정신이 퇴폐해 가는 서양 세계에 경종을 울릴 수 있으리라"고 했다. 모두 《심청전》의 정수라고 할 수 있는 희생과 구원의 메시지를 채택해 당시 군사 정권 아래의 엄혹한 현실을 타개하고 남북 화해와 통일의 열망을 세계에 알리고자 했던 것이다. 그만큼 《심청전》이 지니고 있는 희생과 구원의 메시지는 대단한 원심력을 지녀 고난의 시대에 구원을 그려 내고 있는 스토리텔링으로 작용해 왔던 것이다.

## 지은이에 대해

　이해조(李海朝, 1869~1927)는 친일 개화 노선을 지향한 이인직(李人稙, 1862~1916)과 달리 애국 계몽 노선을 표방했다. 경기도 포천에서 인조의 셋째 아들 인평대군(麟坪大君)의 10대 손으로, 이철용(李哲鎔)의 3남 1녀 중 맏아들로 태어났다. 호는 열재(悅齋), 이열재(怡悅齋), 동농(東濃)이며, 필명은 선음자(善飮子), 하관생(遐觀生), 석춘자(惜春子), 신안생(神眼生), 해관자(解觀子), 우산거사(牛山居士) 등을 사용했다.

　1906년 11월부터 잡지 《소년한반도(少年韓半島)》에 소설 《잠상태(岑上苔)》를 연재하면서 본격적인 작품 활동을 시작했다. 주목되는 작품인 《자유종(自由鐘)》(1910)은 봉건 제도에 비판을 가한 정치적 개혁 의식이 뚜렷한 작품이다. 특히 여성의 사회적 지위 향상, 신교육의 고취, 사회 풍속의 개량 등 계몽 의식이 두드러진다.

　처첩 문제, 계모의 박해 등을 보여 주는 《빈상설(鬢上雪)》(1908)·《춘외춘(春外春)》(1912)·《구의산(九疑山)》(1912)이나 미신 타파를 내세운 《구마검(驅魔劍)》(1908),

일반적인 젊은 남녀의 만남과 헤어짐의 사연에 중점을 둔 《화세계(花世界)》(1911) · 《원앙도(鴛鴦圖)》(1911) · 《봉선화(鳳仙花)》(1913) 등 36편의 많은 작품을 발표해 신소설 최대의 작가로 평가된다. 모두 봉건 부패 관료에 대한 비판, 여권 신장, 신교육, 개가 문제, 미신 타파 등의 새로운 근대 의식과 계몽 의식을 담고 있다.

특히 1912년 《춘향전》, 《심청전》, 《흥부전》, 《토끼전》 등의 판소리를 명창 박기홍(朴起弘) 조(調)나, 심정순(沈正淳)의 창(唱)을 듣고 각각 《옥중화(獄中花)》, 《강상련(江上蓮)》, 《연의 각(燕의 脚)》, 《토의 간(兎의 肝)》 등으로 산정(刪正)해 《매일신보(每日申報)》에 연재하고 단행본으로도 출판해 '활자본 고소설(이야기책)'의 유행을 주도했다.

## 옮긴이에 대해

　권순긍(權純肯)은 1955년 경기도 성남시에서 태어나 성균관대학교 국문학과를 졸업하고 같은 대학원에서 문학박사 학위(고전문학 전공)를 받았으며, 경신고등학교 교사를 거쳐 1993년~2021년 세명대학교 미디어문화학부 한국어문학과 교수를 지냈다. 지금은 세명대 명예교수로 있다.

　'이야기'를 좋아해 40년 넘게 고전소설을 연구해 왔으며, 한국고소설학회, 한국고전문학회, 우리말교육현장학회 회장을 두루 지냈다. 고등학교 문학 교과서 검정심의 위원을 맡기도 했으며, 2008년~2009년 헝가리 부다페스트 엘테(ELTE)대학교 한국학과 초빙 교수를 지냈다.

　우리 고전소설을 연구해 많은 사람들에게 알리는 일과 고전의 다양한 콘텐츠를 대상으로 연구하고 활용하는 노력을 계속해 오고 있다. 《역사와 문학적 진실》(1997), 《활자본 고소설의 편폭과 지향》(2000), 《고전소설의 풍자와 미학》(2005), 《고전소설의 교육과 매체》(2007), 《살아 있는 고전문학 교과서》(공저, 2011), 《한국문학과 로컬리

티》(2014), 《고전소설과 스토리텔링》(2018), 《헌집 줄게 새집 다오》(2019) 등의 책을 썼으며, 《홍길동전》, 《장화홍련전》, 《배비장전》, 《채봉감별곡》 등의 고전소설을 쉽게 풀어 펴냈다.

2022년 〈《춘향전》의 근대적 변개와 정치의식〉으로 이주홍문학연구상을 수상했다.

## 강상련

지은이 이해조
옮긴이 권순긍
펴낸이 박영률

초판 1쇄 펴낸날 2024년 4월 30일

지만지한국문학
출판등록 제313-2007-000166호(2007년 8월 17일)
02880 서울시 성북구 성북로 5-11
전화 (02) 7474 001, 팩스 (02) 736 5047
commbooks@commbooks.com
www.commbooks.com

ⓒ 권순긍, 2024

지만지한국문학은
커뮤니케이션북스(주)의 한국 문학 출판 브랜드입니다.
이 책은 저작권자와 계약하여 발행했으므로, 본사의 서면 허락 없이는
어떠한 형태나 수단으로도 이 책의 내용을 이용할 수 없습니다.

ISBN 979-11-288-3087-7 03810

책값은 뒤표지에 있습니다.